KB248289

인사이드

인사이드

나재원
장편소설

고즈넉
이엔티

목차

1

돌이킬 수 없는 게임: 드림캐처 베타테스터

1

웬디가 재학 중인 한국 최고의 명문 과학기술대학, 피키스트[FKIST][1]의 학생들은 이름 대신 자신을 대표하는 활동명을 쓰는 특이한 전통이 있다. 웬디의 활동명은 웬디다. 웬디라는 이름 그 자체만으로 충분했기 때문이다.

윤웬디. 요즘 정가에서 잘나가는 국회의원의 딸. 국제고 시절부터 80만 팔로워를 자랑하는 인플루언서(지금은 200만 팔로워다), 재력에다 미모, 뛰어난 두뇌까지 겸비한 젊은 과학도.

이 모든 조건을 충족한 웬디에게 존은 애초에 눈에 들어올 대상이 아니었다.

---

[1] Future Korea Institute of Science and Technology, FKIST

웬디가 존을 처음 본 건 '인공지능과 인지과학학과' 신입생 환영회가 열린, 기억도 잘 안 나는 어느 클럽이었다. 존이 즉흥적으로 무대에 오르는 모습만 정확히 기억이 난다. 존은 시선이 주목되는 무대가 낯설지 않은 듯 어깨를 한 번 으쓱거리고는 대뜸 마이크를 잡았다. 이내 뜬금없이 그린 데이의 '배스킷 케이스(Basket Case)'를 제 흥에 겨워 부르기 시작했다.

강렬한 기타 리프 소리에 저절로 시선이 갔다.

물론 짙은 눈매를 가진 외모도 한몫했을 것이다.

무엇보다 존은 노래를 꽤나 잘 불렀다(아니 존나 잘 불렀다. 나중에 알고 보니 고등학교 때부터 인디 밴드 보컬로 활동했다고 했다).

존이 특유의 아름다움을 포착하는 데 민감한 웬디의 눈에 띈 건 당연했는지도 몰랐다. 하지만 그 정도일 뿐이었다. 눈에 띄는 정도.

웬디의 남자 보는 눈은 보통 까다로운 게 아니었다. 아니, 지독하다고 할 정도였다. 똑똑한 놈, 재력이 꽤 되는 놈, 잘생긴 놈, 유머 감각 좋은 놈, 소위 잘나간다는 놈들을 죄다 만나봤지만, 오래 가는 법이 없었다. 결국 남는 건 싫증과 권태뿐이었다.

뭐니 뭐니 해도 뇌가 섹시해야 돼! 그냥 똑똑한 걸로는 안 된다. 매 순간 자신에게 새로운 무언가를 안겨줄 수 있는가, 그 점이 중요했다. 그리고 대부분의 남자들은 생각보다 빠르게 탈락했다.

노래를 마치고 환호를 받으며 무대에서 내려온 존이 마침 옆자리에 앉았다. 맥주를 한 모금씩 홀짝이던 웬디는 흘깃거리며 그의 머리부터 발끝까지 단숨에 훑었다.

가까이서 보니 얼굴은 반반하네.

시선을 느꼈는지 존이 먼저 말을 걸었다.

"활동명이 뭐야?"

웬디는 하마터면 입에 문 맥주를 뿜을 뻔했다. 인지과학학과에 입학해놓고 내 활동명을 몰라? 더 볼 것 없이 땡.

"웬디….'

"난 존이야. 활동명 멋지다. 무슨 뜻이야?"

맙소사, 활동명까지 들었는데도 모른다고? 이건 재고의 여지도 없는 땡.

마지막 질문은 더 가관이었다.

"인스타 계정 좀….'

웬디는 단 한 번도 자신의 계정을 알려준 적이 없었다. '웬디'를 검색하면 바로 뜨는 게 자신의 80만 팔로워(현재는 200만) 인스타그램이었으니까.

이 정도면 완전히 영원토록 땡이다!

웬디는 즉석에서 만든 부계정을 알려주는 것으로 적당히 자리를 마무리했다.

그 이후로 존은 웬디가 가장 기피하는 사람 가운데 하나가 되었다.

일단 몸에 걸친 스타일부터 마음에 안 들었다. 헝클어진 검은 머리부터 구겨진 티셔츠에 건들거리는 걸음걸이는 온몸이 '귀찮아 죽겠어'라고 소리라도 지르는 것 같았다. 게다가 얼핏 본 핸드폰 배경화면도 가관이었다. 감성적인 사진은 기대도 안 했지만, 그래도 너무한 것 아닌가? 맙소사 기본 설정 화면이라니!

SNS에 올린 사진들도 유치하고 따분했다. 하나같이 기본 각도로만 찍어놓았다. 감각이라고는 한 픽셀도 찾아볼 수 없었다. 그러고 보니 본명도 촌스러웠다. 박준우…. 정말이지, 특별한 게 하나도 없잖아.

그래도 딱 한 가지! 그건 마음에 들었다.

1학년 중간고사가 끝날 무렵 캠퍼스를 지나던 웬디는 우연히 농구장에서 한창 경기를 뛰고 있는 존을 보고 그만 자신의 두 눈을 의심했다. 그는 뇌가 섹시하지는 않았지만, 겨드랑이 털이 섹시했다.

그랬다. 여섯 살 때부터 웬디의 이상형은 흰 피부에 털이 많은 남자였다. 물론 보노보 수준은 아니고, 겨드랑이

와 가슴팍에 집중해서 팍!

그런데 딱 적당한 밀도로, 존이 그랬다.

그 뒤로 웬디는 반소매를 입은 존과 마주칠 때마다 그의 겨드랑이 털이 몹시 거슬렸다. 무심코 양팔을 번쩍 들어올리기라도 하면 전기라도 오르는 듯 온몸이 움찔했다.

그래도 두 번의 여름을 그저 감상하는 선에서 잘 버텼다. 두 번째 여름이 막 끝나가던 무렵 그 일이 있기 전까지는.

2학기 개강이 얼마 남지 않았을 때, 학교가 발칵 뒤집히는 사건이 발생했다. 유튜브에 올라온 어느 한국 여행객의 극적인 영상 때문이었다.

영상의 내용은 이랬다. 인도 지하철역 승강장에서 지팡이를 짚고 서성이던 시각장애인이 픽, 소리를 내며 승강장 아래 선로로 떨어졌다. 사람들은 머뭇거리며 쳐다만 볼 뿐 누구도 선뜻 나서지 못했다. 그때 한 여행객이 망설임 없이 선로로 뛰어내렸다. 그는 혼란에 빠진 시각상애인 여성을 들쳐 안아 승강장 위로 밀어올렸다. 그제서야 주변 사람들이 몰려들어 여자를 함께 끌어올리기 시작했다.

조금만 지체되었으면 여자는 살아남지 못했을지도 몰랐다. 그러니까 그는 사람의 생명을 구한 것이다. 그 용감한 여행객이 바로 존이었다.

시각장애인이 안전하게 구조된 뒤에야 존도 승강장 위로 올라올 수 있었던. 거칠게 숨을 몰아쉬는 그의 창백한 얼굴과 반팔 티셔츠 아래로 드러난 건장한 몸이 화면에 고스란히 담겼다.

영상을 보던 웬디는 자신의 두 눈을 의심했다. 그 와중에도 그의 겨드랑이 털만 보였으니까.

방학이 끝나고, 존이 학교에 등장하자 그는 금세 유명 스타가 되었다. 경찰청으로부터 용감한 시민상을 받았고, 국내 최고 테크기업이자 AI 컴퍼니 '퓨처마인드(FutureMind)'에서는 감사패와 상금 3천만 원 그리고 자사의 인공지능 부서에 특채 입사를 제안했다. 의로운 일에 자신을 헌신할 수 있는 사람은 회사에서도 강한 책임감을 발휘하며 훌륭한 인재로 성장할 수 있다는 게 이유였다.

존은 중학교 교사인 부모님의 뜻에 따라 먼저 대학을 졸업한 뒤 그때 진로를 결정하기로 했고, 회사는 그의 뜻을 존중해주었다. 그렇게 퓨처마인드 입사는 사실상 기본 옵션이 되었다.

그즈음부터 존에게서 서서히 빛이 나기 시작했다. 단지 유명 스타가 되고, 미래가 보장되었으며, 신분 상승을 했기 때문만은 아니었다. 한 치의 망설임도 없이 승강장 아래 선로로 뛰어내리던 그 1초가 너무 멋졌다!

언젠가 존과 섹스를 나누고 나서 웬디가 이런 말을 한 적이 있었다.

"너는 루비 같아. 외형은 간결하고 아름다운데, 내면은 강력하고 바른 원칙을 지니고 있어. 사용자 친화적이면서도, 단단하잖아."

그때 존은 흐뭇한 미소를 지으며 이렇게 대답했다.

"그럼 넌 자바야. 유연하고 예측 불가능하지. 그게 웬디 너의 매력이야. 너는 그 어떤 우중충한 수학식도 맑고 맑게 만들어."

웬디는 존의 근사한 말에 웃음을 터트렸다.

"자바라니, 자바는 어디서든 잘 작동하는데?"

웬디는 존의 몸 위로 올라타며 키스를 퍼부었다.

"근데 난 너만을 위해 작동할 거야."

"나도."

이 고상한 대화를 나눈 때가 몇 월 며칠이었는지 웬디는 아직도 똑똑히 기억했다.

웬디는 존과 자신이야말로 서로에게 최적화된 완벽한 커플이라 믿었다. 서로의 중력을 공유하며 안정적으로 공전하는 쌍성 같은 캠퍼스 커플이라고.

이대로 둘의 관계는 이상적인 상태를 유지할 줄 알았다. 하지만 연애한 지 6개월이 지난 시점부터 그의 태도에서 미묘한 변화가 느껴졌다.

존은 평소에 비해 말수가 줄었고, 뭘 하든 시큰둥했으며, 때때로 어딘가 먼 곳을 멍하니 응시할 때가 많아졌다. 그뿐만이 아니었다. 어느 날, 웬디가 랩실에 들어섰을 때 그녀를 보자마자 황급히 전화를 끊기도 했다. 감추려 해도 당황하는 기색이 역력했다. 둘이 오붓하게 있다가도 '고모'라고 저장된 발신자에게 전화가 오면 굳이 밖으로 나가서 받았다.

이 정도면 단순히 태도나 감정이 달라진 수준이 아니었다. 수상쩍다는 낌새를 느끼자 웬디는 과감해졌다. 존이 핸드폰을 두고 화장실에 갔을 때, 그녀는 자신의 모든 과학적 사고력을 활용해 비번을 풀기 시작했다. 그리고 세 번 만에 성공해냈다!

그런데 무슨 일인지 메시지가 모두 지워져 있었다. 메일을 확인해보니, 메일함도 마찬가지였다.

이상해. 무언가 숨기고 있어….

존은 변함없이 다정하게 굴었지만 그럴수록 웬디는 부풀어 오르는 의심 때문에 오히려 더 불편해졌다. 그렇다고 뭐 하나 확실하게 잡히는 게 없으니 더 울화통이 터지고 열불이 났다. 조화롭고 안정적인 쌍성의 궤도가 천천히 파괴되는 것 같았다. 어느새 자신이 존의 꽁무니만 졸졸 쫓는 한심한 신세로 여겨졌다.

내가 존보다 훨씬 더 유명하고 잘 나갔는데…. 이건 말도 안 돼!

자존심이 상한 웬디는 억울한 마음까지 들었다. 돈이 얼마가 들어도 상관없었다. 존의 속마음을 들여다볼 수만 있다면 뭐든 하고 싶은 심정이었다.

그런데 어쩌면 방법이 있을지도 모르겠다. 드림캐처라면 말이다….

존과 웬디의 오작교가 되어준 그 수업에서 개발한 인공지능, 그거라면.

존이 국제적인 의인이 되어 학교로 돌아왔을 무렵, 웬디의 학년은 '인지과학과 신경망' 수업의 일환으로, '인간의 무의식과 기억에 접근할 수 있는 인공지능 모델 개발' 과제를 맡게 되었다.

웬디는 무작정 존이 속한 팀에 합류했다. 팀명은 '프로젝트 드림[2]'이었다.

팀명이 유치하고 단순해 평소라면 거들떠도 보지 않았을 테지만, 이제 그런 건 중요하지 않았다. 웬디는 오로지

---

2   Project D.R.E.A.M. (Deep Reality Emotional Memory Analysis Matrix의 약자)

존을 자신의 남자친구로 만들겠다는 일념밖에 없었다. 그리고 프로젝트 드림에 합류한 그날, 웬디는 존과 공식적으로 연인이 되었다.

방법은 간단했다. 그저 말 없이 존을 물끄러미 바라보는 것만으로 충분했으니까. 어떻게 그게 가능했냐고? 그야 웬디니까.

웬디와 존의 눈빛이 맞닿은 그 순간, 마치 예정되어 있던 것처럼 두 사람은 누가 먼저랄 것도 없이 키스를 퍼부었다.

그런데 단지 존과 사귀기 위해 참여했던 과제가 대성공을 거둘 줄은 꿈에도 몰랐다. 그것도 이런 괴상한 팀에서 해냈다는 건 지금 생각해도 기적에 가까웠다.

존을 제외한 팀원들은 학과에서 가장 친해지고 싶지 않은 동기, 1, 2, 3위로 악명이 높은 인물들이었기 때문이다. 아웃사이더에 비호감 끝판왕으로 통하던 에나, 로건, 프롬이 그 팀을 이루고 있었으니까.

그런데 오합지졸 팀의 엉터리 같았던 아이디어가 시뮬레이션 실험에서 덜컥 성공한 것이다.

웬디의 팀이 수업 과제로 개발한 드림캐처[CoreMemory Explorer AI]는 코어메모리에 접속할 수 있는 AI 프로그램이었다.

여기서 코어메모리란 한 인물의 자아를 이루는 핵심기억부터 심층기억까지 의식과 무의식 전반을 포함하는 영역을 의미했다. 웨어러블 디바이스를 착용하고, 3D 가상현실에 접속하면 수검자의 핵심기억과 무의식을 직접 체험할 수 있도록 설계된 것이다.

프로토타입을 검토한 학과 교수, 진은 드림캐처의 잠재력을 높이 평가했다. 프로젝트 드림팀에게 장학금과 실험비 등 전폭적인 지원을 약속했고, 임상실험 성공 시 졸업논문으로 인정해주겠다는 파격적인 제안까지 해주었다.

물론 과 동기들과 일부 교수진들 사이에서 회의적인 시선도 없었던 건 아니었다. 웬디 역시 처음에는 이 프로젝트의 성공 가능성을 의심했지만, 연구를 거듭할수록 생각이 바뀌어갔다.

이거 잘하면 뭐라도 되겠는데?

웬디는 급기야 업계 선두주자 기업인 퓨처마인드의 '대뇌피질 단어지도 AI[CortexMapper AI]'를 떠올렸다.

요즘 예비부부 사이에서 선풍적인 인기를 끌고 있는 이 프로그램은, 이제 유행을 넘어서 하나의 '필수 코스'처럼 받아들여지고 있었다.

'대뇌피질 단어지도 AI'는 fMRI 기계 장치로, 수검자의 뇌를 스캔하여 수검자의 정신세계를 이루는 개념을 특정 단어로 한방에 정리해주는 프로그램이었다. 또한 수검자의 정신세계를 이루는 특정 단어가 뇌의 어느 부위(쾌락의 중추 혹은 고통의 중추)에 저장되어 있고, 뇌의 어떤 영역(긍정적인 영역 혹은 부정적인 영역)이 활성화되는지에 따라 수검자의 성향과 정신세계까지 엿볼 수 있는 혁신적인 프로그램이었다.

대뇌피질 단어지도 AI가 수검자의 정신세계를 단순히 단어화에 성공했다면, 드림캐처는 그런 성과를 무색하게 할 만큼 놀라운 경지에 도달해 있었다. 드림캐처는 BCI(뇌-컴퓨터 인터페이스) 기능을 통해 수검자의 정신세계를 3D 가상현실에서 직접 체험하는 게 가능했던 것이다.

지금까지 많은 예비부부들이 한때 유행했던 유전자 검사처럼 서로의 건강 검진과 대뇌피질 단어지도를 교환해온 건 공공연한 사실이었다. 웬디는 앞으로 드림캐처가 이를 대체할 수 있을 거라 믿었다.

누가 보면 웬디가 드림캐처의 기술력을 확신하는 것처럼 보였겠지만, 그녀에게는 이 프로그램을 꼭 성공시켜야 할 또 다른 목적이 있었다. 드림캐처야말로 존이 과연 내가 믿어도 될 남자인지 판단할 수 있는 유용한 도구이자, 그가 숨기고 있는 게 뭔지 밝혀낼 수 있는 확실한 도구가 될 것 같았다.

뚜렷한 목표가 설정되고, 결과에 대한 확신이 생기자. 그녀도 다른 팀원들과 마찬가지로 불철주야 연구에 매진했다.

하지만 연구가 깊어질수록 팀원들을 초조하게 만드는 심각한 문제가 드러났다. 이것 없이는 그 어떤 결과도 의미가 없었다. 바로 임상실험을 위한 지원자였다. 놀랍게도 아직 단 한 명의 지원자도 나타나지 않았던 것이다.

프로그램이 마지막 완성 단계에 이르자 프로젝트 드림 팀은 임상실험 지원자 모집에 총력을 기울였다. SNS는 기본이고, 심리 치료 카페부터 정신건강 관련 포럼까지 쫓아다니며 닥치는 대로 홍보를 진행했다.

PTSD나 우울증, 기억상실, 뇌손상, 치매로 고통받는 사람들에게 드림캐처가 희망이 될 수 있으며, 기존 치료법의 한계를 뛰어넘을 수 있다고 설득했다.

안전성 확보를 위한 노력도 철저히 준비했다. 피키스트 의학·신경과학 연구소와 협력해 실시간 생체 신호 모니터링 시스템을 구축했고, 이상 징후 발생 시 즉각 실험을 중단하는 안전 프로토콜도 마련했다.

수백 번의 시뮬레이션으로 시스템 안정성까지 검증했지만, 결정적으로 연구진이 학부생이라는 이유로 실험의 안전성을 아무도 믿어주지 않았다.

설상가상으로, 평소 드림캐처 프로젝트를 시기하던 경쟁 랩실에서 학교 윤리위원회에 이의를 제기하는 사태가 벌어졌다. 이의제기가 있었다는 사실만으로도 일파만파 논란이 일었고, 금세 무책임한 학부생들의 위험한 인체실험이라는 딱지가 붙고 말았다.

담당 교수 진의 변호에도 불구하고 프로젝트는 중단 위기에 놓이는 처지가 되었다.

시간은 냉정했다. 거기에 더해 돈은 더더욱 냉정했다. 이대로 임상실험을 진행하지 못하면, 자체적으로 펀딩을 받은 연구비를 모두 토해내야 했다. 말 그대로 전액 반환해야 하는 것이다. 그게 아니라면 기술이라도 팔아야 했다. 최악의 경우, 검증되지 않았다는 이유로 드림캐처의 가치를 인정받지 못한 채 헐값에 아이디어만 빼앗길 수도 있었다.

이대로 악순환이 이어지면 학사 졸업마저 불투명해질 수 있는 상황이었다. 하지만 팀원들의 눈빛은 위기가 고조될수록 더욱 단단해졌다. 이제는 그저 졸업을 위한 프로젝트가 아닌, 우리들, 즉 팀의 자존심을 건 승부가 되어버렸다.

도무지 돌파구를 찾지 못하던 어느 날, 에나가 팀원들에게 조심스럽게 의견을 냈다.

"우리가 직접 베타테스터를 해보는 건 어때?"

에나는 드림캐처의 초기 아이디어 제공자이자, AI 프로그래밍 담당이었다. 피키스트 전체 수석이라는 화려한 타이틀로 입학했지만, 지금은 과에서 '비호감 1위'를 굳건히 지키는 괴짜이기도 했다. '상호작용 불가' 혹은 '소통 장애'가 심각하다는 게 학과 동기들의 공통된 평가였다.

비호감 요소 중에서 패션 점수는 단연 최악이었다. 흰 티와 청바지를 대량 구매해놓은 건지 매일 복사한 것처럼 같은 옷이었고, 포니테일은 마치 AI가 자동으로 묶어주기라도 하는지 하루 종일 완벽한 각도를 유지했다. '난 옷이나 미용 따위에 시간 낭비할 만큼 한가하지 않아'라고 온몸으로 외치는 듯했다.

웬디는 우연히 에나와 마주치기라도 하면 알레르기라도 생긴다는 듯이 저만치 피해 다녔다. 웬디는 에나와 자신이 절대 맞을 리 없는 사람이라고 확신했었다. 하지만 이번만큼은 달랐다. 기다렸다는 듯이 한 손을 번쩍 들고 '난 찬성이야'를 자신 있게 외쳤다.

웬디가 손을 든 채로 팀원들을 둘러봤다. 어쩐지 아무도 호응하지 않았다. 자신과 에나만이 호기롭게 손을 든 것이다. 다들 미간을 찌푸린 채 불편한 기색이 역력했다.

"글쎄, 우리가 수검자가 되면 관찰자 보고는 누가 할 건

데?”

로건이 퉁명스럽게 물었다.

로건은 프로젝트 드림의 리더였다. 잘난 척하기로는 피키스트에서도 탑클래스였는데, 그의 발목을 잡는 건 늘 ‘만년 2등’이라는 꼬리표였다. 그리고 그 콤플렉스의 중심에는 바로 에나가 있었다. 아니, 에나가 그의 콤플렉스 자체일지도 몰랐다.

단 한 번도 그녀를 이기지 못했다는 열패감이 폭발했던 것일까? 로건이 에나의 아이템을 가로채서 프로젝트 드림 팀 리더까지 된 건 우리 과의 레전드급 사건이었다. 교수는 물론이고 학부생들까지 로건이 에나의 프로젝트를 카피한 사실을 알았지만, 그는 끝내 인정하지 않았다.

그 이후로 둘은 만나기만 하면 불꽃 튀는 신경전을 벌이기 십상이었다.

그런데 오늘은 조금 달랐다. 에나를 이겨보겠다고 실적만 보이면 불도저처럼 밀어붙이던 그도 오늘은 웬일로 쭈뼛거리며 망설였던 것이다.

“우리가 수집한 데이터는 AI가 자동으로 작성할 거야.”

에나는 확신에 찬 목소리로 말했다.

“미쳤어? 관찰자 프로그램이 가장 중요하다고 말했던 게 너 아니었어?”

로건이 반사적으로 흥분해 소리쳤다.

"그건 우리 프로젝트가 중단되지 않았을 때 얘기지. 솔직히 이중삼중으로 안전장치가 있는데 뭔 걱정이야?"

웬디가 대신 대답했다.

"로건, 설마 걱정돼?"

빈정거리듯 웬디가 다시 물었다.

"그럴 리가!"

로건이 발끈했다.

"그럼 됐네! 하는 거지?"

웬디의 입꼬리가 슬며시 올라갔다.

로건은 여전히 승리의 짜릿한 영광과 예측할 수 없는 불길한 리스크 사이에서 갈등하고 있었다. 웬디는 그가 결국 실험에 참여할 거라는 걸 알았다. 인정욕구 과잉인 로건을 자극하는 건 그다지 어려운 일이 아니었다.

웬디는 고개를 슬며시 돌려 이번엔 존을 겨냥했다.

존은 팀에서 하드웨어 엔지니어링을 맡고 있었다. 드림캐처가 실패한다 해도 가장 타격이 적은 멤버. 그게 바로 존이었다. 존은 이미 다른 팀과 콜라보한 논문이 통과된 상태라, 여기서 무리수를 둘 필요가 없었다.

웬디는 존을 똑바로 응시하다가 어깨를 툭 치며 물었다.

"존, 네 생각은?"

"아, 나는 생각해본 적이 없어서…."

존이 이런 상황에서 어떻게 나올지는 불 보듯 뻔했다. 늘 그렇듯이 특유의 애매모호한 미소를 날리며 상황을 적당히 넘기고 묻어가려 했다.

그래… 그렇단 말이지!

일단 웬디는 넘어가기로 했다. 다음 바통을 프롬에게 넘겼다.

"프롬, 넌?"

프롬은 '긴 생머리'와 '금테 안경'이라는 완벽한 공대생 클리셰를 갖춘 너드였다. 또한 하루 종일 도서관 구석에나 처박혀 있을, 그런 데가 아니면 만나기 어려울 법한 공부벌레였다. 늘 투명인간처럼 있다가 프로젝트가 벽에 부딪힐 때마다 번뜩이는 아이디어로 가끔씩 존재감을 드러내곤 했다. 팀내에서 소프트웨어 엔지니어링을 담당했다.

"나도 생각을 좀 해봐야 할 것 같은데…."

팀원들의 시큰둥한 반응이 이어지자 웬디의 실망감도 커졌다.

"설마 너희들 부작용을 걱정하는 건 아니지?"

모든 시스템에는 어쩔 수 없는 부작용이 있게 마련이었다. 학계에서도 가상 환경에서의 심리적 충격이나 신경 과부하로 인해 뇌가 일시적으로 과도한 스트레스를 받을 가능성은 20% 내외로 보고되었다. 드림캐처도 당연히 피로, 두통, 일시적 기억 혼란 등의 경미한 부작용이 발생할 가능성이 있었다. 하지만 이 정도는 카페인을 과다 섭취만 해도 충분히 발생하는 수준이었다.

물론 사람 일은 모르는 거라지만, 그래도 팀원들만큼은 외부 개발자보다 우리 프로그램을 더 신뢰할 거라 믿었는데, 정작 뚜껑을 열어보니 반응이 충격적이었다.

"그런 거 아냐!"

로건이 무작정 소리를 높였다.

"맞아. 우리가 설계한 시스템을 믿지 못하면, 누가 이걸 믿겠어?"

존이 슬쩍 덧붙였다.

그래? 부작용 때문이 아니라면, 본인들의 개인정보를 노출하는 게 꺼림칙하다는 것이다.

물론 임상실험에 참여할 경우 비밀유지 서약도 하고, 보고서 상에도 익명으로 기입되겠지만 솔직하게 말하면 나만의 데이터를 가장 가까운 팀원들에게 공개하기는 불편했던 거였다.

"뭐야? 다들 나 빼고 뭐 들키면 안 되는 비밀 한 개씩 있는 거야? 난 다 보여줄 수 있어! 오빠 아냐?"

웬디는 존을 타깃 삼아 몰아붙였다. 웬디는 아쉬울 때만 존에게 '오빠'라고 부르곤 했다.

"그런 거 아냐. 그냥 실적 때문에 개인정보를 파는 비윤리적인 문제에 봉착했을 뿐이야."

웬디는 개인정보와 윤리를 따지는 그의 근엄한 표정을 보자 기가 막혔다. 빤한 거짓말이라는 걸 누구보다 잘 알았기 때문이다. 존은 어차피 졸업 후 입사할 회사도 정해진 상황에서 굳이 리스크를 감당하기 싫은 것뿐이었다.

웬디는 존의 양심과 직업윤리를 더 자극해보기로 했다.

"자신의 데이터는 제공하지 않으면서 다른 사람의 데이터를 탐구하는 게 더 비윤리적이지 않아? 이건 연구자의 자격이 없는 거라고!"

웬디는 신경질적으로 목소리를 높였지만, 그녀의 속마음은 전혀 다른 데 있었다.

아무래도 존이 내가 생각한 것보다 더 큰 걸 숨기고 있는 거 같아. 난 그걸 꼭 알아내야겠어….

서로 상반된 입장만 확인한 채 회의는 소득 없이 끝나버렸다.

연구팀은 다음 회의 전까지 베타테스터 참여 여부를 각자 신중히 검토하기로 했다. 그때는 베타테스터 참여 여부를 최종적으로 결정해야 하는 것이다.

2

존은 셀 수 없을 정도로 많은 인터뷰를 했다. 그때마다 빠지지 않고 등장한 질문이 있었다. '선로에 떨어진 시각장애인을 구할 때 어떤 생각이 들었습니까?'

존의 대답은 언제나 같았다.

'생각 따윈 없었습니다. 그냥 해야 할 일을 했을 뿐입니다.'

존의 평범했던 일상은 의인이 된 후 송두리째 달라졌다.

일단 어딜 가도 사인 요청이 끝도 없이 쇄도했다. 동네 아주머니, 할머니들은 물론이고 험악하게 생긴 아저씨까지 입고 있는 티셔츠를 내밀며 사인을 부탁해온 적도 있었다.

식당에선 늘 존이 주문한 음식보다 더 많은 고급 메뉴의 요리들이 서비스로 나왔다. 집으로는 온갖 선물과 팬레터가 쏟아졌다. 인형, 모자, 티셔츠, 초콜릿은 기본이고 여자 팬티까지 배송되어 온 적도 있었다.

심지어 밴드 연습 때문에 층간소음을 항의하던 아래층 어르신들도 태도가 돌변했다. 오늘 아침에도 절대 연습을 게을리하면 안 된다며 열렬한 응원을 보냈다. 그 집 딸이 수험생인데도 말이다.

의인이 된 이후로 많은 것들이 달라졌지만, 무엇보다 가장 놀라운 건 멋진 여자친구가 생겼다는 것이다.

웬디를 처음 본 순간 존은 연예인이 우리 과를 잘못 찾아온 줄 알았다. 그녀가 진짜 연예인급 셀럽인 걸 알았을 때는 이미 여러 번 찐따 인증을 다 마쳤을 때였다.

존은 웬디에게 굳이 하지 않아도 될 말을 했고(연예인에게 이름을 물어보다니!) 썰렁한 개그를 구사했다가 가짜 인스타 계정을 받았다. 그 이후로 존은 일부러 자신을 피하는 것 같은 웬디를 자주 목격할 수 있었다.

한 번은 농구를 하다가 굴러간 공이 하필 웬디 앞에서 딱 멈췄다. 존이 공 좀 던져달라 했더니 웬디는 홍당무처럼 얼굴이 빨개져서는 엉뚱하게 화부터 냈다.

수업 관련해서 말을 걸었을 때도 무슨 끔찍한 걸 본 것처럼 얼른 자리를 피했다. 내가 그렇게 싫나?

그런데 의인이 되자 웬디는 뜬금없이 자신이 속한 프로젝트 드림팀에 합류했다!

웬디가 존의 팀으로 걸어오던 그 순간은 심장이 멎을 만큼 강렬했다. 영화 속 슬로우모션 장면처럼 완벽하고 아름다웠다.

문제는 그다음이었다. 존은 회의 도중 자신을 대놓고 바라보는 웬디의 집요한 시선을 느꼈다. 왜지? 웬디가 왜 날?

존은 그녀의 노골적인 시선을 분명히 느꼈지만 차마 마

주 볼 엄두가 나지 않았다. 너무 떨렸기 때문이다.

회의가 끝나고 팀원들이 하나씩 자리를 떴을 때도, 웬디는 자리에 남아 움직일 기미가 없었다. 꼭 할 말이 있다는 듯 존을 의미심장하게 바라보았다.

존은 몇 번의 심호흡 끝에 비로소 웬디와 눈을 마주쳤다. 그녀의 눈빛을 마주하자 모든 것이 단숨에 읽혔다. 웬디는 더 이상 자신을 싫어하지 않는다. 오히려 원하는 것 같았다.

존은 그녀의 열렬한 눈빛에 화답하듯 다가가 키스를 했다. 내가 먼저 했나? 웬디가 먼저 했나? 그것까진 기억이 나지 않았다.

언젠가 비가 오는 우중충한 날에 웬디가 말했다.
"이건 완벽한 떡볶이 날씨야!"
잠시 생각에 잠기다가 다시 말을 이었다.
"아니, 아주 매콤한 부대찌개 날씨지. 그 옆에 들기름에 부친 고소한 김치전을 곁들이면, 캬! 하이볼이 떠오릅니다!"
웬디는 주위를 환하고 맑게 만드는 재주가 있었다. 축 처지는 비 오는 날의 꿉꿉한 분위기를 자신만의 즐거움으로 치환할 줄 알았다. 웬디에게는 나쁜 날씨가 없었다. 모든 날씨는 일상의 소소함을 즐길 수 있는 완벽한 기회였다. 아마 슈퍼 태풍 도중에는 건물 옥상에 올라 핸드폰을 켜고 흠뻑 라이브 쇼를 진행했을지도 모를 일이다.

웬디와 함께 있으면 존은 그 어떤 악당도, 복잡한 수학식과 암호 같은 코딩도 물리칠 수 있을 것 같은 기분이 들었다. 진짜 영웅이 된 것 같았다.

존은 행복했고, 그만큼 때때로 불안했다. 내가 의인이 아니었다면 웬디와 만날 수 있었을까.

어딜 가도 환대받는 일상과 모든 게 쉽고 편리한 의인의 삶은 구름 위를 걷는 것처럼 낯설었다. 수업도 귀에 잘 들어오지 않았다. 게임은 하도 해서 지겨워졌다. 뭘 해도 기대감이 생기지 않았다. 꼭 타인의 인생을 사는 것 같았다.

프로젝트 드림팀이 아니었다면 존은 아직도 모든 게 흐릿한 상태였을 것이다. 프로젝트 드림팀은 존이 기운 빠질 때마다 살인적인 업무를 안겨주며 정신을 번쩍 들게 했다. 드림팀 랩실에서는 의인 할아버지도 그저 평범한 연구원일 뿐이었다. 존은 에나의 무자비한 피드백에 맞춰 BCI(뇌-컴퓨터 인터페이스) 프로토타입을 끝도 없이 만들어내야 했다.

팀원들은 농담 반 진담 반으로 존이 설령 교통사고로 산소호흡기를 차게 된다면, 산소호흡기를 입에 문 채로 뇌파 장치를 수리해야 할 거라고 했다.

전쟁터 같은 랩실은 존에게 유일한 안식처였다. 화려한 의인이 아니라 그저 존, 그 자체로 존재할 수 있어서 좋았다.

언제부턴가 웬디도 달라졌다. 처음엔 프로젝트에 건성으로 참여하더니, 점점 집중하기 시작했다. UI 디자인이 마음에 들지 않는다며 5일 동안 씻지도 않고 밤을 새운 적도 있었다.

연구비가 바닥나자, 존은 팀원들과 버려질 뻔한 낡은 뇌파 장비를 찾아 전국 각지를 뛰어다녔다. 매뉴얼조차 없는 장비들을 밤새워 조립하고, 고장 나면 다시 하나하나 분해해서 고쳤다.

존은 팀원들과 2년 동안 온갖 고난과 실패를 겪으면서 '우리'라는 연대감이 깊어졌고, 드림팀은 어느새 한 덩어리처럼 단단해졌다. 물론 치열하게 싸우는 일도 잦았지만 어느 순간부터 굳이 말하지 않아도 서로의 기류를 알아챌 수 있었다. 이제 존에게 프로젝트 드림팀은 가족보다 더 끈끈한 울타리이자 안식처였다. 그리고 당연히 다른 팀원들도 같은 마음일 거라 믿었다.

그런데 에나와 프롬은 왜 존의 할아버지 장례식에 오지 않았을까?

로건은 오랫동안 계획했던 세계일주까지 포기하고 장례식장에 와서 운구까지 도왔다. 웬디도 3일 동안 존의 곁을 지켰다. 존에게 할아버지는 부모님보다 더 각별한 존재였다.

존은 조의금은커녕 문자 한 통 없는 이 상황을 어떻게 해석해야 할지 몰랐다. 2년 동안 할아버지에 대해 그렇게나 떠들어댔는데, 내 이야기를 안 듣고 있었던 걸까? 기다리면 문자라도 주려나?

장례식장의 충격이 다 가시기도 전에 더 청천벽력 같은 일이 터졌다. 드림캐처의 임상실험 지원자를 구하지 못하자, 에나는 우리가 직접 베타테스터가 되자고 나선 것이다.

다들 미친 거 아냐? 아니 뭐 걸리는 게 있어서가 아니라, 이건 명백한 사생활 침해다. 누구나 사생활은 있는 거잖아.

웬디는 자기 자신을 오픈하지 않는 연구자는 트라우마 치료 AI를 연구할 자격이 없다며 존을 자극했다. 존은 그 말이 우스웠다. 마음 같아선 이렇게 말하고 싶었다. 솔직히 너랑 나랑은 상황이 다르잖아. 나는 이걸 안 해도 입사할 회사가 있는데….

이렇게 말하면 당장 차이겠지?

존은 어떻게든 임상실험을 빠져나갈 궁리만 했다. 그런데 그도 실험을 피할 수 없는 이유가 생겨버렸다. 겉으로는 웬디의 말에 움직인 것처럼 행동했지만, 실제 이유는 따로 있었다. 존은 드림캐처를 통해 확인해야 할 게 있었다. 그건 로건과 웬디에 관한 거였다.

3

로건의 얼굴에 짜증이 밀려들었다. 회의 시작 시간이 훌쩍 지났지만 오늘도 프롬만 제 시간에 도착했다.

무려 38분이나 지나서야 존과 웬디가 시시덕거리며 연구실 안으로 들어섰다.

"거봐, 아직 에나 안 왔지?"

웬디가 다행이라는 듯 과장스런 몸짓을 하며 자리에 털썩 앉았다.

뭐야? 에나가 안 왔으면 늦어도 된다는 건가?

"쏘리 쏘리! 아직 코리안 타임 맞지?"

존이 건성으로 미안한 척했다.

코리안 타임이라고? 그게 사라진 지가 언젠데. 로건은 코리안 타임의 역사와 폐해까지 조목조목 설명하고 싶은 마음을 꾹 참았다.

마침 에나가 회의실로 들어와 아무렇지 않게 자리에 앉았다. 저 싸가지는 늦고도 단 한 번 사과란 걸 해본 적이 없었다.

로건은 이런 팀원들이 하나같이 마음에 들지 않았다. 웬디는 기말고사 기간에도 연구실에서 라이브 방송을 한 연예인병 환자고, 존은 웬디와 연애를 하더니 허파에 바람이 단단히 들었다. 로건은 진정 존이 의인인 건지, 그냥 웬디의 남자친구인지 헷갈렸다.

에나에 대해선 말하기도 싫었다. 단 한마디도 지기 싫어하는 왕싸가지!

프롬은… (막상 뭐가 떠오르지 않지만, 분명한 건) 너무 조용하다. 유머 감각도 없다. 회의 시간에 딱딱 맞춰 오는 것도 오히려 짜증났다. 이왕 일찍 오는 거 5분만 더 일찍 오든가, 저 녀석들처럼 늦게 와서 같이 욕을 먹든가. 프롬은 늘 이도 저도 아니었다.

로건도 처음부터 괴팍하고 까탈스럽지는 않았다. 그는 엄연히 피키스트 대학 전체 차석으로 입학한 장학생이었고, 입학과 동시에 제출한 리포트로 학교 전공 교수들을 깜짝 놀라게 한 장본인이었다. '신경망을 활용한 새로운 데이터 분석 기법'이란 첫 리포트 하나만으로 교수진과 학부생 모두에게 '과연 천재'라는 눈도장을 찍기에 충분했다.

그때만 해도 로건은 지금으로서는 상상도 하기 힘든 '친절과 배려가 몸에 밴 공감의 아이콘'이었다. 과대표로서 학교 문제 해결에도 앞장섰고(교내 호수의 녹조 문제를 해결한 건 전적으로 로건의 공로다!) 존의 밴드에서 베이시스트로 활동하며 만능 엔터테이너의 면모까지 보여줬다.

이런 완벽한 스펙을 가진 로건이 피키스트 여학생들의

짝사랑 순위 1위가 되는 건 자연의 섭리 같은 거였다. 캠퍼스 한 바퀴만 돌아도 로건과 썸 타거나, 썸 탔거나, 썸 탈 예정인 여학생들과 마주칠 확률이 한 자릿수 복권 당첨보다 높았다. 그의 여자관계를 정리하려면 고차방정식이 필요하다는 소문이 돌 정도였다.

하지만 휴학했던 피키스트 '전체 수석 입학생' 에나가 복학하면서 모든 게 달라졌다.

에나가 제출한 리포트, '고차원 데이터 시각화를 통한 무의식 패턴 인식 모델'은 로건의 것과는 차원이 달랐다. 학과 내부에서만 돌던 과제 수준을 넘어, 교수들 사이에서 따로 회람될 정도로 화제가 되었다. 일부 교수는 대학원 세미나 자료로 쓰자고 했다.

늘 정상에서 내려만 보던 로건은 생전 처음 2등이라는 굴욕을 맛봤다. 주변에서는 마치 기다렸다는 듯 둘의 대결 구도를 부추겼고, 서서히 압박감에 시달리던 로건의 표정에서는 점점 여유가 사라졌다. 그리고 둘 사이엔 미묘한 긴장감이 형성되기 시작했다.

로건이 새로운 연구 프로젝트를 발표할 때마다 에나는 기다렸다는 듯 앞장서서 반박했고, 작은 표현 하나하나를 꼬집으며 비판했다.

로건, 아이디어는 좋아. 그런데 구체적으로 어떻게 구현

하겠다는 거야? 예를 들어 어떤 데이터를 사용할지, 어떤 알고리즘을 적용할지 명확하게 정해야지.

로건, 지금 '종합'이라는 단어를 썼는데, 그게 정확히 무슨 의미인지 설명해줄래? 각 데이터를 어떻게 종합적으로 분석할 건지 구체적으로 말해봐.

로건, '순차적으로'라는 단어가 너무 모호해. 정확히 어떤 순서로 어떤 방법을 쓸 건데?

로건, '점차적으로'라는 말도 구체적이지 않아. 우리가 지금 필요한 건 바로 실행 가능한 계획이야.

로건, 로건, 로건….

에나가 제 이름을 부르며 지껄일 때마다 로건은 망치로 그녀의 머리통을 찍어버리고 싶은 충동을 느꼈다. 진심으로 상종도 하기 싫은 인간이었다.

하지만 '인지과학과 신경망' 수업시간에 에나가 발표한 고차원 데이터 시각화를 통한 무의식 패턴 인식 모델 프로젝트는 로건에게 깊은 영감을 주었다.

이거라면 어쩌면 내 대표작이 될 수도 있겠는데?

그는 숙적의 리포트에서 자신의 인생을 바꿔줄 가능성을 찾았다.

다음 날 로건은 자신의 프로젝트를 발표했다. 에나가 만든 모델에 3D 가상현실(VR) 기술을 결합해, 사용자가 자신만의 심리 치료 환경을 만들고, 무의식을 탐색할 수 있는 인공지능으로 발전시킨 것이었다.

교수는 물론이고 학부생들까지 로건의 발표는 에나의 프로젝트를 카피한 사실을 알았지만, 당사자는 인정하지 않았다. 결국 지도교수 진은 에나와 로건에게 공동 프로젝트로 진행할 것을 지시했다. 그녀로선 최선의 결단이었다.

로건은 공동 프로젝트라는 새로운 설정을 두고 빠르게 머리를 굴렸다.

이렇게 되면 이 프로젝트는 누구의 것이 되는 거지?

그는 드림캐처 프로젝트 논문의 제1저자는 자신이 되어야 한다고 생각했다. 자신의 목적을 달성하기 위해 에나는 기초 아이디어와 개요를 먼저 발표했을 뿐이고, 핵심적인 아이디어는 자신의 것이라 주장했다.

에나도 물러서지 않았다. 로건의 프로젝트는 자신의 아이디어를 기반으로 만들어진 것이기 때문이다. 두 사람은 한 치의 양보도 없이 첨예하게 대립했다. 그만큼 제1저자의 의미가 컸기 때문이다.

제1저자가 된다는 건 곧 프로젝트를 이끄는 리더가 된다는 뜻이었다. 하지만 에나의 관심은 애초에 다른 데 있었다. 사실 크레딧 순서 같은 건 눈에 들어오지도 않았다. 그녀가 원한 건 더 많은 지분이었다.

반면 로건에겐 실질적인 이익보다 제1저자라는 타이틀이 주는 상징성과 영향력이 더 중요했다. 결국 두 사람은 각자 가장 중시하는 지점에서 타협점을 찾았다. 그 결과 로건은 자신의 지분 5%를 에나에게 넘기는 대가로, 리더 자리와 제1저자 크레딧을 받아냈다.

실험은 의외로 순조로웠고, 결과도 자신 있었다. 하지만 논문 제출 기한이 코앞인데, 아무리 기다려도 임상실험 지원자가 나타나지 않았다. 그래서 결국 에나가 결단을 내렸다. 우리가 직접 베타테스터가 되자고!

하지만 그건 곤란했다. 뇌사 같은 부작용이 무서워서가 아니었다. 서로의 코어메모리를 들여다본다는 게 어떤 의미인지 로건은 너무도 잘 알았기 때문이다. 마치 공적인 관계에서 알몸을 까는 것처럼 치욕적이고 꺼림칙한 일이었다.

팀원들의 반응이 시큰둥하자 에나는 한층 더 강하게 몰아붙였다. 현재를 비상 상황으로 규정하고 베타테스터로 참여한 사람에게만 프로젝트 권한과 지분을 추가 배분해야 한다고 주장했다.

그녀의 주장에 동참한 추가 지원자는 현재까지 에나와 웬디, 프롬이었다. 이대로라면 애초 로건이 약속했던 지분 배분은 무의미해지고, 에나가 개발자로서 모든 성과를 독차

지하게 될 것이다. 제1 저자도 당연히 김에나가 될 것이고.

누구 마음대로! 드림캐처는 내 작품이야. 내가 직접 이 모든 걸 기획했고, 개떡 같은 팀원들을 다독이고, 오류 잡아내고, 비전을 제시하면서 여기까지 끌고 왔어.

로건은 팀원들 앞에서 자신의 속을 뒤집어 까는 것은 죽어도 싫었지만, 에나가 제1 저자가 되는 것은 더 싫었다.

그리하여 로건도 드림캐처 베타테스터에 합류할 수밖에 없었다.

4

어렸을 때부터 에나가 친구들에게 많이 들었던 말들이 있었다.

'화났어?'

'무슨 일 있어?'

'기분 안 좋아 보여.'

감정을 가늠할 수 없는 특유의 무표정이 사람들 눈에는 화가 난 얼굴처럼 보였기 때문이었다. 에나는 굳이 일일이 대답하지 않았다.

그러다 보니 자연스럽게 이런 수군거림이 따라붙었다.

"쟤 이상한 거 같아. 기껏 걱정해줬는데 방금 개무시하는 표정 봤어?"

멋대로 화났다고 걱정하고, 또 이상하다고 판단하는 아이들. 에나는 그들이 더 무례하다고 생각했다. 누가 걱정해 달라고 했나? 그런 걸 걱정이라고 할 수 있는 건가?

에나가 가장 경멸하는 건 아이스 브레이킹이라는 명목으로 쓸데없이 지껄이는 소모적인 말들과 허락 없이 선을 넘어 다가오는 무모함이었다.

로건과의 첫 만남에는 이 두 가지가 모두 있었다.

"안녕? 네 리포트 잘 봤어! 진짜 좋더라."

복학 후 첫 인지 과학 수업이 끝났을 때였다. 로건이 무턱대고 에나의 자리로 찾아와 앞에 앉았다.

"CNN으로 뇌파 데이터의 시간—주파수 스펙트로그램을 분석한 거, 정말 대단했어, RNN과 LSTM으로 시간적 변화를 추적한 것도 좋았고. 오토인코더를 사용한 데이터 특징 추출 방식도 창의적이더라."

에나는 필기구를 챙기는 동안 생각했다. 어떻게 저렇게 속도 없이 지껄일 수 있지? 겁 없이 다가오는 저 우둔함은 뭘까? 내가 누군지도 모르면서.

얼른 가방을 싸서 교실을 빠져나가는 게 상책 같았다.

에나가 일어나 교실 밖으로 훌쩍 나가자 로건이 굳이 쫓아왔다.

에나 앞에 서서 머리를 긁적이며 멋쩍게 웃었다.

"너무 내 이야기만 했나? 난 로건이야. 과대표. 반갑다."

로건은 악수를 하자는 의미로 슬며시 손을 내밀었다.

에나는 그가 내민 손을 빤히 쳐다보며 이 상황이 우습다고 느꼈다.

"뭐래?"

뭐? 뭐라는 거지? 왜 비웃는 것 같지? 순간 로건은 자신이 잘못 들은 게 아닐까 싶었다. 그렇게 믿었기에 간신히 호의적인 태도를 유지할 수 있었다. 로건은 좀 더 친절한 말투로 다음 말을 이어갔다.

"내가 1학기에 제출한 리포트 한번 읽어볼래? 변형 인코더─디코더 모델을 이용해서 다양한 생체 신호를 통합하는 기법에 대한 내용인데, 읽어보고 콜라보 하는 건 어때?"

대답이 없자 무안해진 로건은 얼른 다른 걸 물었다.

"이름은 뭐야? 활동명 말고."

에나는 그제야 로건의 눈을 흘깃 쳐다봤다.

"좀 꺼져줄래?"

"어?"

"꺼지라고."

이번엔 선명하게 들었다. 꺼지라고. 로건의 눈동자가 정신없이 흔들렸다.

에나는 충격을 받은 로건을 그 자리에 둔 채 지나갔다.

상대방이 호의라고 생각하는 질문에 대답하지 않는 것. 그래도 말을 걸어온다면 내 뜻을 분명히 하는 것. 그것이 에나가 관계를 유지하는 아니, 관계를 맺지 않는 방법이었다.

함부로 넘어오지 마. 여기까지가 너와 나의 거리야.

에나는 선의, 우정, 사랑, 따뜻함 같은 감상적인 걸 믿지 않았다. 당연히 친구 같은 것에도 관심이 없었다. 선의라고 믿었던 것들이 한순간에 적의로 변하는 순간을 수도 없이 겪어왔다. 에나의 관심사는 이제 오로지 성적과 연구뿐이었다.

로건과 특별연구 장학생 선발 시험을 앞둔 그날, 에나가 그에게 변경된 시험 범위를 공지하지 않은 것도 의도적이었다.

나중에 로건이 '일부러 너만 시험 잘 보려고 그런 거 아니냐'며 따졌을 때, 에나는 얼음처럼 차가운 눈으로 말했다.

"왜 그러면 안 되지?"

에나가 성적에 집착하는 이유는 분명했다. 많은 과학 명문대 중에서 굳이 피키스트를 선택한 이유도 마찬가지였다. 모두 의료비 지원 혜택 때문이었다.

에나에겐 아픈 가족이 있었다. 불치병에다 희소병을 앓는 가족. 학교에서 의료비가 지원되기는 했지만 전액은 아니었다. 1등에게만 주어지는 전액 장학금도, 학기마다 지급되는 의료비 지원금도 치료비로는 턱없이 모자랐다.

에나는 공부 말고도 돈이 되는 일이라면 무엇이든 해야 했다. 낮에는 과외 선생님으로, 밤에는 배달라이더와 대리운전으로 거리를 누볐다. 틈틈이 마사지 아르바이트도 병행했다.

하루 종일 몸을 혹사하고도 연구실로 돌아와 밀린 연구를 마저 했다. 고단하고 피로했지만, 연구만큼은 빼먹을 수 없었다. 드림캐처야말로 에나가 가진 것 중에서 가장 돈 되는 일이었으므로.

이번 연구만 성공하면 더 이상 치료비를 마련하느라 무리하지 않아도 되고, 아등바등 살지 않아도 될 거라 믿었다. 그만큼 확신을 가진 연구 프로그램이었다.

그런데 정작 임상지원자가 나서지 않았다. 사람들은 이 실험을 무책임한 학부생들의 위험한 인체실험으로 치부했다.

그렇다면 내가 직접 해보는 수밖에! 위기의 순간마다 에나는 항상 자기 자신을 던져왔다. 그만큼 절실했다. 드림캐처만 성공시킬 수만 있다면 모든 걸 걸 수 있었다.

팀원들도 합류의사를 밝혀왔다. 참여 인원이 많을수록 논문의 신뢰성은 높아지고, 보고서 제출에도 유리했다. 분명 좋은 일이긴 했으나, 에나의 표정은 점점 어두워졌다.

드림캐처를 하면 나의 모든 과거가 낱낱이 드러날 것이다!

그럼 이들도 곧 내 비밀을 알게 되겠지. 나를 괴물로 여기고 멀리하겠지.

하지만 무서울 것도 두려울 것도 없었다. 이미 익숙해진 일이니까.

에나는 각오하듯 되뇌었다. 처음부터 팀원들은 단지 연구에 필요한 데이터 값일 뿐이었다고. 그리고 스스로를 위로했다. 어차피 기대도 없었으니 실망할 것도 없노라고.

5

프롬은 여러모로 완벽한 너드의 전형이이라고 할 수 있었다.

모든 너드들이 그렇듯이 프롬도 관심 있는 특정 분야에서는 누구도 따라올 수 없는 탁월한 지식을 자랑했다. 그 외의 기초 상식은 터무니없이 부족했다. 또래라면 당연히 알고 있을 스킨—에센스—로션 같은 기초 화장품의 사용 순서도 몰랐고, 아이브로우가 무엇인지조차 알지 못했다. 심지어 4년마다 월드컵이 열린다는 것도, 한국이 결승에 진출했다는 놀라운 사실도 전혀 모를 정도였다.

프로그램 언어 능력만큼은 피키스트의 누구도 그녀를 따라올 수 없다고 자부했지만, 정작 평범한 사람들이 일상적으로 사용하는 자연어 실력은 젬병이었다.

팀원들이 건성으로 '언제 밥 한번 먹자'라고 인사하면, 그걸 실제 약속으로 받아들여 '언제'가 '언제'냐고 집요하게 묻곤 했다.

또 어떤 날은 프롬이 '이 부분의 코드를 최적화해야 해'라는 말 대신에 '이 부분의 코드를 토끼와 고양이로 갈아 끼워야 해'라고 말해 팀원들을 어리둥절하게 만들었다.

심지어 수업 중에 번쩍 손을 들더니 '난 막걸리가 싫어!'라며 잠꼬대를 하기도 했다.

강의실 창가 커튼을 동굴처럼 말아 그 안에서 과제를 하는 다소 이해하기 어려운 괴짜이기도 했다. 수업은 건너뛰고 잔디밭에 파묻혀 하늘을 나는 새들을 관찰하는 엉뚱한 공상가의 면모도 있었다.

하지만 코딩을 할 때와 방탈출 게임을 할 때만큼은 마치 다른 사람이 된 것처럼 집중력을 발휘했고, 실력은 독보적이었다.

프롬은 팀원 중에 에나와 잘 지냈다. 대부분의 동기들이 그녀를 불편해했지만, 프롬은 에나를 다루는 간단한 요령을 알고 있었다.

첫째, 꼭 필요한 말만 한다. 둘째, 그녀가 이어폰을 끼고 있을 때는 절대 말을 걸지 않는다.

프롬이 에나와 가까워지는 데는 이 두 가지면 충분했다.

나머지 팀원들은 글쎄… 그다지 친해지고 싶지 않은 부류였다.

프롬이 보기엔, 웬디는 다 컸는데도 여전히 사랑받고 싶어 하는 소녀 같았다.

오픈 한 시간 전부터 다 같이 줄 서기로 한 맛집에 혼자만 늦게 와서는 '난 어디 앉으면 돼?'라고 해맑게 물어보는 그런 아이. 그런데도 모두가 자연스레 자리를 내어주게 만드는 공주병 같은 아이였다.

존은 영웅으로 불렸지만, 프롬의 눈에는 속이 텅 빈 껍데기에 불과했다. 로건은 까칠하고 날카로웠지만, 내면은 그보다 훨씬 더 까맣고 음흉한 사람 같았다.

그런데 최근 팀원들에게서 미묘한 변화가 감지되었다.

에나는 팀원들이 사적인 이야기를 꺼내면 습관처럼 이어폰을 꽂았다. 하지만 프롬은 어느 순간부터 에나가 이어폰을 건성으로 끼고 팀원들의 이야기를 몰래 엿듣고 있다는 걸 발견했다.

웬디도 조금 달라졌다. 웬디는 거짓말을 할 때마다 손으로 머리를 꼬는 습관이 있었다. 요즘 들어 그 습관은 더 잦아졌고, 평소의 단정한 모습은 온데간데없이 넋을 놓고 있는 걸 자주 보았다.

존도 달라지긴 마찬가지였다. 웬디를 바라보는 눈빛에서 다정함이 사라졌다. 어느 날은 어떤 여자와 심하게 다투는 통화 소리를 듣기도 했다.

로건에게선 불안한 기운이 감돌았다. 언제부턴가 그의 텀블러에서 소주 냄새가 났고, 회의 중에도 소주를 물처럼 벌컥벌컥 마시고 있었다.

다들 무언가 숨기고 있어….

프롬은 드림캐처를 통해 보게 될 친구들의 모습이 궁금해졌다. 어느새 그들의 비밀에 관심이 생기기 시작했다.

6

드디어 그날이 왔다. 드림캐처 연구팀이 임상 테스트 방식을 논의하기로 한 날이었다.

존은 밤새 뒤척이느라 거의 잠을 못 잤다. 평소보다 한참이나 일찍 눈을 떴다. 아침밥은 손도 대지 못했다.

어젯밤 연구실 단톡방에 베타테스터로 참여하겠다는 메시지를 보낸 게 자꾸 마음에 걸렸다.

드림캐처는 수검자의 심층 기억, 즉 '코어메모리'를 직접 체험할 수 있는 프로그램이다. 이번 베타테스트의 목적은, 시뮬레이션으로 검증해온 항목들이 실제로 정상 작동하는지를 확인하는 데 있었다. 그리고 그 과정에서 테스터들의 민낯이 고스란히 드러나는 건, 사실상 예정된 결과였다.

존의 생각은 꼬리에 꼬리를 물었다.

나는 드림캐처에서 어떤 모습일까? 괜찮은 사람일까? 모든 게 까발려져도 괜찮을까?

그런 질문들이 떠오를 때마다 당장이라도 그만두고 싶었다. 하지만 한 가지, 꼭 확인하고 싶은 게 있었다. 문제는 그게 이 모든 리스크를 감수할 만큼의 가치가 있는 일일까?

존은 장담하지 못했다. 지금이라도 포기하고 싶은 마음이 불쑥 올라왔다.

고민만 하다 결국 약속 시간이 훌쩍 넘어 있었다. 허둥지둥 회의실에 들어서자 이미 팀원들이 모두 도착해 자리에 앉아 있었다.

존은 복잡한 마음을 감추고 태연한 척 끝자리로 가 앉았다.

"다들 너무 일찍 온 거 아냐! 웬일이래?"

팀원들은 존의 너스레에 눈길조차 주지 않았다. 모두 서류만 들여다보느라 정신이 없었다.

뭘 보길래 내 말이 들리지도 않는 거지? 설마 일부러 못 들은 척하는 건가?

"왔어?"

웬디가 뒤늦게 알아차린 듯 어색하게 웃으며 인사했지만 표정엔 가식이 묻어났다.

"뭐야? 왜 이렇게 심각해? 우리 그냥 간단한 테스트 하는 거 아니었어?"

존이 다시 분위기를 풀어보려 했지만, 반응은 여전히 썰렁했다.

"읽어봐."

에나가 서류를 휙 던지듯 내밀었다.

개인정보 수집 및 활용에 대한 동의서와 비밀 유지 공동 각서.

2년 반 동안 수도 없이 봤던 문서였다. 그러나 막상 '피험자'로서 사인을 하려니 손끝이 망설여졌다.

'피로, 두통, 일시적 기억 혼란 등의 경미한 부작용이 발생할 가능성이 있습니다'란 문장도 마음에 걸렸다. 다들 왜 그렇게 서류만 들여다보고 있었는지 이제야 알 것 같았다.

무겁게 가라앉은 정적을 깨고 에나가 입을 열었다.

"다들 이견 있어?"

"모두가 참여하는 만큼 지분율도 동일하고, 논문의 크레

덧 순서는 변함이 없어야 돼."

로건이 제법 묵직한 목소리로 못을 박듯 말했다.

"그러시든지."

에나는 시큰둥하게 대답했다.

"그럼 실험 순서는 어떻게 정할까?"

에나가 가장 먼저 참여할 피험자를 정하는 문제를 꺼내자 모두가 입을 꾹 다물었다. 대답하는 순간 가장 먼저 테스트를 해야 할 것만 같은 압박 때문이었다. 팀원들은 서로를 흘깃거리며 그저 눈치만 봤다.

"하자고 한 사람부터 하면 되겠네?"

로건이 짓궂은 얼굴로 히죽 웃으며 말했다.

"성과는 같은데 왜? 로건, 쫄려?"

로건이 비아냥대는 걸 못 참겠던지 웬디가 발끈했다.

"너! 말 함부로 한다?"

"누가 봐도 먼저 하는 사람이 불리한 거 알면서 떠든 게 누군데!"

로건이 공연히 언성을 높였고, 웬디도 지지 않았다.

서로 한마디씩 주고받았을 뿐이지만, 두 사람은 이미 폭발하기 일보 직전이었다. 존은 둘 중 누구 하나가 '나 안 해!'를 외쳐서 이 상황이 파토가 나면 얼마나 좋을까 상상했다.

"그럼 사다리 타기로 해."

에나가 대수롭지 않다는 듯 퉁명스레 말했다.

웬디와 로건은 씩씩거리며 서로를 노려보고 있었지만, 한편으론 '사다리 타기'라는 방법을 저울질했다. 마음에 드는 방식은 아니었지만, 달리 뾰족한 방법도 없었다. 어차피 누군가는 먼저 시작해야 했다. 단지 그게 내가 아니길 간절히 바랄 뿐이었다.

"근데 말이야… 만약에 중도 이탈자가 생기면 어떻게 해?"

웬디가 이건 짚고 넘어가야겠다는 듯 물었다. 다들 별생각 없다가 이게 꽤 현실적인 그리고 생각보다 심각한 변수라는 걸 깨달았다.

존이 미간을 잔뜩 찌푸렸다. 그러고 보니 아무도 생각지 못한 문제였다.

"그럼 논문에서 제외되겠지?"

에나가 태연하게 말했다.

"아니지. 자기만 볼 거 다 보고 쏙 빠지면 안 되지. 그건 공평하지 않아."

로건이 날을 세우며 받아쳤다.

존도 격하게 동감했다. 이건 성과의 문제가 아니라 신뢰의 문제였다. 제아무리 비밀유지 서약을 했다 한들 서로의 약점은 쥐고 있어야 안전했다. 만약 중도이탈자가 생긴다면 안전의 균형이 깨지는 것이다.

"나는 모두가 실험을 끝낼 때까지 누구도 연구실 밖을 나가선 안 된다고 생각해!"

웬디가 강제성이 필요하다는 취지로 말했다. 하지만 굳이 안 하겠다는 사람을 강제로 막을 수도 없지 않은가. 그게 가능하기나 한가….

한동안 정적이 이어졌다. 우리 중에 배신자가 있다면? 미묘한 의심이 피어오르자 서로를 향한 불신의 눈길이 한층 더 깊어진 것 같았다.

불편한 침묵을 깨고 프롬이 기어 들어가는 목소리로 입을 열었다.

"방법이 있어."

프롬에게로 일제히 고개가 돌아갔다.

"그러니까… 수면 프로그램을 조정하면 돼. 다섯 명 모두의 실험이 끝나야 잠에서 깨어나도록 설정하는 거야."

팀원들은 프롬이 말한 게 어떤 의미인지 단번에 간파했다. 어차피 드림캐처 프로그램은 램수면 상태에서 이뤄졌다. 프롬은 램수면 상태를 유도, 유지하기 위해 설계된 특정 수면 프로그램의 설정을 조정하여 모두가 공평하게 실험하자는 거였다.

원래라면 피험자가 원할 때 자유롭게 접속해제가 가능했지만, 특정 조건이 충족될 때까지, 즉 5명이 모두 테스트를 완료할 때까지, 접속해제를 외부에서 차단한다는 뜻이었다.

"그럼 안전 프로토콜은?"

존이 곧바로 핵심을 찔렀다. 수면 프로그램을 조정한다는 건 안전 프로토콜을 포기한다는 의미이기도 했다.

"솔직히 별일 있겠어? 우리가 그동안 얼마나 많은 시뮬레이션을 돌려봤는데. 우리 프로그램은 완벽해."

평소라면 가장 먼저 반대했을 로건조차 이상하게 흔들렸다.

"그래…. 그동안 한 번도 문제가 없었잖아. 이번 한 번만이야…."

"만약 잘못되면?"

여전히 이 실험이 못마땅한 존은 미간을 찌푸렸다. 머릿속엔 '그래도'라는 가정이 맴돌았다.

"존, 너는 너무 걱정이 많아. 우리가 만든 시스템이잖아. 문제 생기면 우리가 해결하면 돼."

웬디가 당연하다는 듯 말했다.

"솔직히 이게 성공하면 얼마나 큰 기회인 줄 알아?"

웬디가 이어 말하자 모두의 눈빛이 일제히 반짝거렸다.

팀원들은 프로젝트의 성공 말고도 각자 이 실험이 꼭 필요한 사정이 있었다. 분명 안전의 빗장을 스스로 하나둘 걷어차고 있었지만 아무도 브레이크를 걸지 않았다.

그 모습을 지켜보는 존은 속이 타들어 갔다. 이게 정말 옳은 결정일까, 마지막의 마지막까지 고민한 사람은 결국 자신뿐이었다. 그러나 이미 물살의 흐름을 거스르기엔 늦어버린 것 같았다.

"제한 시간을 두는 건 어때? 각자 한 시간씩. 한 시간이 지나면 자동으로 다음 사람으로 넘어가는 거지."

웬디가 조금 더 현실적인 규칙을 제안했다.

"좋아, 그리고 5명 모두가 테스트를 완료했을 때, 자동으로 접속해제를 하면 될 것 같아."

프롬이 이어서 절차를 설명했다.

분명 리스크가 점점 커지고 있었지만, 모두가 어떤 힘에 떠밀린 듯 결정을 착착 내려갔다.

웬디의 가슴은 이상하리만치 벅찼다. 수없이 밤을 새우며 실험을 반복했던 시간들이 스쳐 갔다. 실패하면 다시 처음으로 돌아가야 했지만, 그럼에도 드디어 여기까지 왔다. 불안보다 기대가 더 컸다. 아니, 솔직히 말하면 흥분에 가까웠다. 이 순간을 위해 버텨왔다는 생각이 들었다.

손에 땀을 쥐게 한 회의가 끝나고, 기다리던 사다리타기의 순서가 왔다.

결과는 존, 웬디, 로건, 에나, 프롬 순서였다.

누군가는 안도감을 숨기려 고개를 푹 숙였고, 누군가는 난감한 표정을 그대로 드러냈다.

젠장, 좆됐다! 존은 아무도 모르게 몸을 돌려 조용히 입술을 깨물었다.

웬디는 존의 굽은 등짝을 보며 티 나지 않게 미소를 지었다.

프로젝트 드림 팀원들에겐 베타테스트에 직접 참여하는 각자의 목적이 따로 있었다.

이들 중 누군가는 이 실험으로 인정받고 싶고, 누군가는 애인에 대한 사랑을 확인하고 싶고, 누군가는 성과를 가로채고 싶고, 누군가는 진실이 알고 싶고, 누군가는 서로를 망가뜨리고 싶다.

누구도 돌이킬 수 없는 게임이 결국 시작되고 말았다.

2

결코 숨길 수 없다면 차라리: 코어메모리

존의 코어메모리

1

웬디는 베타테스트가 진행될 실험실에 놓인 안락의자로 다가가 앉았다. 등을 기대고 눈을 감으니, 문득 어젯밤 존이 찾아왔던 일이 떠올랐다.

"나 너무 떨려…."

술에 얼큰하게 취한 존은 얼굴에 수심이 가득했다. 웬디는 발그레한 존의 볼을 잡아당기고 촉촉한 입술에 키스하고 싶은 충동을 느꼈다.

"만약에 있잖아, 내 안에 내가 몰랐던 괴물이 살고 있으면 어쩌지? 그래서 웬디 네가 나한테 실망하면 말이야…."

"사람도 구한 의인이 무슨 걱정이야. 그리고 존, 괴물도 사람 봐가면서 덤벼. 너처럼 단순한 애한테 괴물 같은 게 숨어 있을 리가 없잖아."

웬디는 존의 양볼을 부여잡고 그의 두 눈을 똑바로 보며 말을 이었다.

"내가 드림캐처를 하는 이유는 너를 더 잘 알고 싶어서 그래. 너에 대해 많이 알수록 내가 더 잘해줄 수 있을 거 같아서."

"그런 건 차차 알아가도 되지 않을까?"

고맙다는 말은커녕 차차 알아가자니! 웬디는 존의 소심하고 나약한 모습에 갑자기 기분이 상해버렸다. 저도 모르게 말투가 날카로워졌다.

"너 나한테 혹시 숨기는 거 있어?"

"아니, 그런 게 있을 리가!"

"그러니까! 그런데 뭐가 무서워. 난 사랑한다면 다 보여줄 수 있다고 생각해. 난 너한테 다 보여줄 수 있어! 넌 아냐?"

"그런 거 아니라니까!"

존은 잠시 머뭇거리다가 말을 이었다.

"너야말로 나한테 숨기는 거 없지?"

"당연하지."

두 사람은 눈을 맞춘 채 한참 동안 서로를 응시했다. 그러면 진실이 보인다고 믿는 사람들처럼. 혹은 시선을 피하지 않아야만 자신의 결백을 증명할 수 있다고 생각하는 사람들처럼.

웬디는 어젯밤 존이 조심스레 물었던 말이 가시처럼 거슬렸다. 내가 숨기는 게 있냐고…. 존은 뭘 알고 묻는 것 같지는 않았다. 그렇다고 막연하게 던진 말도 아니었다. 존은 무엇이 궁금한 걸까?

생각에 잠겨 있는데, 누군가 어깨를 슬며시 훑었다.

흠칫 놀라 돌아보니 존이었다. 더없이 다정한 미소로 자신을 내려보고 있었다. 내 볼을 쓰다듬더니 디바이스를 건넸다.

블루투스 이어폰처럼 생긴 디바이스는 드림캐처(Core Memory Explorer AI)와 연결을 돕는 장치였다.

디바이스를 건네받아 만지작거리던 웬디는 존의 얼굴을 물끄러미 올려다보았다. 두 사람은 평소처럼 다정하고 포근한 눈빛을 주고받으며 미소 지었다. 웬디는 실험이 끝나고 다시 눈을 떴을 때, 그때도 그의 얼굴을 지금처럼 다정하게 볼 수 있기를 기도하며 디바이스를 착용했다.

잠시 후 다른 팀원들도 의자에 앉아 디바이스를 착용하기 시작했다. 모두 긴장되어 잔뜩 굳은 얼굴이었다.

에나가 준비를 마친 팀원들의 모습을 일일이 확인하며 말했다.

"그럼 코어메모리 프로토콜을 시작합니다."

에나가 담담하게 명령을 내리자 각자 디바이스의 접속

버튼을 누르기 시작했다.

그 순간, 웬디는 눈앞으로 순식간에 다채로운 색깔이 펼쳐지며 마치 강한 소용돌이 속으로 빨려 들어가는 것처럼 강렬한 환상을 느꼈다. 저릿하면서도 시원한 느낌이 순식간에 온몸을 휘감았다. 동시에 연구실 한가운데 대형 모니터 화면이 여러 가지 색깔로 변하며 활성화되었다.

2

웬디가 천천히 눈을 떴다. 다른 팀원들도 속속 드림캐처에 접속하기 시작했다.

둘러보니 강렬한 색감의 대형 그래피티 아트 옆으로 다섯 개의 문이 보였다.

금빛으로 빛나는 문패에 '블리스 Bliss'(행복), '소로우 Sorrow'(슬픔), '피어 Fear'(두려움), '헤이트 Hate'(증오), '러브 Love'(사랑), 이렇게 다섯 단어가 선명하게 새겨져 있었다.

드림캐처의 가상 인터페이스는 로비 형태로 구성되며, 총 다섯 개로 분류된 객실이 생성된다.

객실마다 사용자의 감정에 따라 코어메모리가 분류됐고, 객실의 크기나 내부의 조명, 혹은 객실의 배열, 심지어 각각의 문의 형태까지 전부 달랐다.

존의 객실 문만 해도 놀랍도록 개성이 뚜렷했다. 행복을 뜻하는 '블리스'의 객실 문은 마치 트로피처럼 빛나는 황금빛이었고, 사랑을 뜻하는 '러브'의 객실 문은 따스한 햇살이 담긴 크리스털 소재였다.

슬픔을 뜻하는 '소로우'의 객실 문은 누워 있는 형태였는데, 바닥에 누운 나무 문에는 얇은 이슬 같은 물방울이 맺혀 얕은 물결이 일어났다.

분노와 증오를 뜻하는 '헤이트'의 객실 문은 찌그러진 형태로 가장 작고 멀리 있었다. 마치 존의 밝은 성격에 밀려나기라도 한 듯 구석진 곳에 겨우 자리 잡고 있었다.

두려움을 뜻하는 '피어'의 객실 문은 천장에 거꾸로 매달려 있었다. 녹슬어 보이지만 윤기가 도는 금속 재질이었다.

모든 문이 질서 정연하게 정렬되어 있었지만, 묘하게도 각자 다른 시간대에 존재하는 것 같기도 했다. 웬디는 슬며시 일어나 존의 드림캐처 내부 거실을 둘러봤다. 발끝에서 느껴지는 감촉이 마치 영락없는 현실 같았다.

뇌─인터페이스 기술 덕분에 드림캐처에서 느껴지는 감각들은 현실 세계와 차이를 거의 느끼기 어려울 정도였다. 하지만 이곳은 엄연히 코어메모리와 연결된 가상세계고, 지금 드림캐처에 접속한 웬디도 가상세계의 아바타에 불과했다.

그렇다면 실험실에서 자고 있는 웬디가 진짜고 가상세계에 접속한 '아바타 웬디'는 허상인가? 반은 맞고 반은 틀린 말일 것이다.

아바타라도 가상세계에서 타격을 받으면 연구실 의자에서 수면 중인 진짜 '웬디'도 내상이 생기기 때문에 완전한 허상이라고 치부하기엔 무리가 있었다. 연결된 자아라고 하면 될까?

천장에 매달린 '피어'의 객실 문을 살펴보던 웬디는 자신도 모르게 웃음을 터뜨렸다.

'피어' 객실 안에 어떤 코어메모리가 있을까? 궁금증이 일었다.

그때 한 시간 타이머가 작동하기 시작했다. 눈앞에 투명한 가상 디스플레이가 떠올랐고, 선명한 붉은색으로 표시된 60분이 한 치의 지체도 없이 줄어들기 시작했다.

"바로 시작하면 되는 건가?"

웬디의 마음이 조급해졌다.

"응."

에나가 간단히 대답했다.

이제부터 팀원들은 각자 보고 싶은 방을 탐색해야 했다.

웬디는 무조건 '러브' 객실부터 시작할 것이다. 제한시간 때문에 마음이 급했다.

3

'러브'의 객실 앞에서 웬디는 잠시 심호흡을 했다.

만약 존이 자신에게 숨기는 게 있다면 그건 분명 이 객실 안에 있을 것이다. 웬디는 손잡이를 잡은 손에 힘을 주고 서슴없이 문을 열었다.

그러자 작은 아이가 먼저 보였다. 막 7살이 된 존이었다. 집에서 어린 존을 위한 생일파티가 한창인 장면이 펼쳐졌다. 그런데….

웬디는 곧 이상한 광경에서 눈을 떼지 못했다. 부모님이 존에게 건네는 선물은 새것이 아니었다. 형이 과학상을 받아 생긴 상금으로 사서 잠시 가지고 놀다가, 금세 흥미를 잃고 방치한 프로그래밍 키트였다. 저게 존을 위한 생일선물이라고?

웬디는 순간 이 방이 '러브'가 아닌 '헤이트'의 객실 아닌가 싶어 밖으로 나와 다시 한번 확인했다. 하지만 문에 적힌 이름은 분명 '러브'였다.

이해할 수 없었다. 형이 놀다 버린 걸 생일선물로 받고 좋아하다니! 프로그램에 오류가 생긴 게 아닐까 의심했지만, 그런 것 같지는 않았다. 7살의 존은 진심으로 기뻐하고 있었으니까. 정작 당사자인 존과 달리 웬디는 오히려 화가 치밀었다. 뭐야, 존은 형이 쓰던 장난감도 사랑한 거야?

부모님은 그야말로 별생각도 없이 준 것 같은데… 순진한 거야, 순수한 거야?

생일파티를 하는 광경 뒤로 또 다른 '러브'의 객실 문이 보였다. 웬디는 다음 문을 열고 들어갔다.

이번엔 병원이었다. 침대 위에는 초등학교 3학년쯤 된 존이 맥없이 누워 식은땀을 흘리고 있었고, 곁에는 할아버지가 초조한 얼굴로 존을 내려다보고 있었다. 할아버지는 배를 움켜쥐며 고통스러워하는 존의 손을 꼭 잡아주었다.

"애가 병원에 입원했는데, 무슨 놈의 수학경시대회야!"

할아버지는 수화기를 든 채 잔뜩 목소리를 높였다. 둘째가 입원했는데 첫째의 수학경시대회를 간다는 게 말이 되느냐고. 전화기 너머에서 쩔쩔매는 엄마의 모습이 존의 눈앞에 선명하게 떠올랐다.

존은 잔뜩 상기된 할아버지를 올려보며 힘겨운 목소리로 말했다.

"할아버지, 전 괜찮아요. 할아버지가 있잖아요."

울컥한 할아버지가 침대로 다가가 존을 어루듯이 끌어안았다.

웬디는 그제야 존에 대해 어렴풋이 알 것 같았다. 존은 그런 아이였다. 부모의 부재보다 곁에 있는 할아버지의 따뜻함을 더 크게 느끼는 아이.

웬디는 들리지 않게 한숨을 내쉬었다. 이런 존의 대책 없는 긍정은 반대로 호구 잡히기 딱 좋은 성격일 수도 있었다. 상처받은 기억조차 사랑으로 포장해버리는 바보같은 아이….

웬디는 착하고 이해심 깊은 존의 모습이 이제는 식상했다.

'내가 보고 싶은 건 이런 게 아냐!'

러브의 객실 안쪽으로 다가가자 또 다른 러브의 객실 문이 나타났다.

웬디가 그쪽으로 다가가 문을 막 열려던 참이었다. 어디선가 로건의 날카로운 목소리가 튀어나왔다.

"존, 너 커닝했어?"

날선 외침이 복도를 가르며 울려 퍼졌다. 웬디는 손잡이를 잡은 채 그대로 굳어버렸다.

무슨 일이 벌어진 걸까?

웬디는 문을 여는 대신, 목소리가 들려온 방향으로 발길을 돌렸다. 소리는 '헤이트' 객실 쪽에서 들리는 듯했다. 러브의 객실을 빠져나와 그쪽으로 걸음을 옮겼다.

살짝 열린 헤이트 객실 문틈으로 로건과 존이 있는 게 보였고, 프롬과 에나도 소란에 놀라 문 앞에서 서성이고 있었다. 모두들 표정이 무거웠다.

웬디가 다가오자 에나는 잠시 망설이다가 문을 활짝 열었고, 셋이 차례로 안으로 들어갔다.

존의 코어메모리를 확인한 순간 웬디는 충격에 숨이 멎는 듯했다. 전국 S—프라임 수학경시대회에 참가한 19살의 존이 소매에 숨긴 커닝페이퍼를 몰래 들여다보고 있었던 것이다.

'저게, 정말 존이라고?'

전국 단위의 S—프라임 수학경시대회는 피키스트 입학을 좌우할 만큼 중요한 시험이었다.

"뭐라고 설명을 좀 해봐. 어떻게 이런 짓을 해!"

로건이 삿대질까지 하며 존을 몰아붙였다.

"로건, 우린 베타테스트를 하는 거지, 존을 심판하려고 만든 자리가 아니야."

에나가 냉담하게 말했다.

"웬디야, 뭔가 잘못된 거야. 저거 나 아냐!"

존은 억울하다며 웬디에게 호소했다.

"아니긴 뭐가 아냐. 여기 이렇게 커닝하는 코어메모리가 딱 나오는데! 잘난 척은 존나 하더니!"

로건은 그의 어이없는 변명에 오히려 분노가 더 자극된 듯 거칠게 쏘아붙였다.

"아니라니까! 내 코어메모리는 맞는데, 뭔가 잘못된 거야. 진짜라니까!"

존은 답답한지 이번엔 이마를 짚고 아예 등을 돌렸다.

"너무 흥분하니까 더 의심스럽네. 다른 것도 있는 거 아냐?"

놀리듯 말했지만, 로건의 목소리에서는 한번 잡은 꼬투리를 끝까지 물고 늘어지겠다는 집요함이 엿보였다.

존은 진짜로 커닝을 했을까?

드림캐처는 사용자가 실제 겪은 기억과 상상을 구별하지 못하는 경우가 종종 있었다. 하지만 웬디가 진짜 궁금한 건 사실 커닝 따위가 아니다. 존에게 다른 여자가 있는지, 그걸 알아내는 게 훨씬 더 중요했다.

그렇다고 존이 완강하게 결백을 주장하는데 혼자 슬며시 자리를 뜰 수도 없었다. 웬디는 입술을 지그시 깨물었다. 시간은 계속 흘러가고 있었다. 연구진이 모두 한자리에 모여 있는 건 비효율적이라고 지적해볼까?

그때 존이 손가락을 치켜들며 소리쳤다.

"저거 봐봐, 달력!"

모두가 존이 가리킨 전자 달력으로 고개를 돌렸다.

"3094년?"

웬디가 숫자를 중얼거렸다.

"자, 봐봐! 시계도 이상하잖아. 이건 단순 버그라니까!"

존이 엉뚱하게 표기된 숫자를 근거로 필사적으로 주장했다.

그러고 보니 시계의 숫자도 달랐다. 1시, 2시, 3시가 아니라 33시 34시 35시로 시간이 표기되어 있었다.

"이 코어메모리는 가짜야. 내 상상을 멋대로 혼동한 거야! 솔직히 커닝하는 상상 한 번도 안 해본 사람 있어?"

"그런데 이게 상상이라는 증거는 있냐?"

로건의 목소리도 조금 누그러졌지만, 의심스러운 눈빛은 여전히 그대로였다.

웬디만 속이 타들어갔다. 작작 좀 하자. 얘들아! 다른 코어메모리는 안 볼 거니?

"존의 말이 맞아. 코어메모리가 3D 환경을 일그러지게 구현하는 경우는 있어도 잘못된 정보를 넣지는 않아. 존의 상상을 구현했다면 말이 되지."

에나가 분석적인 면모를 보이며 담담하게 말했다.

"기억도 가끔 부정확하잖아."

로건이 한 번 더 반론을 제기했다.

"그렇지 않아."

지금까지 조용히 있던 프롬이 들릴 듯 말 듯한 목소리로 입을 열었다. 말문을 튼 프롬은 더듬더듬 자신의 논리로 상황을 설명했다.

"기억은 그러니까 우리가 경험한 데이터가 방대해서, 음… 코어메모리가 사실 그대로 구현할 수 있어. 하지만 상상은 달라. 에, 데이터가 부족하기 때문에 코어메모리가 부정확할 수 있는 거야…"

프롬의 말이 끝나자 잠시 정적이 흘렀다. 프롬의 과학적인 논증 앞에서 모두가 서로의 눈치를 살피는 분위기였다.

제발 이쯤에서 그만하자. 웬디는 그 와중에도 간절하게 빌고 있었다.

"그럼… 그렇다고 쳐야지."

로건이 두 손을 허공에 내저으며 고개를 절레절레 흔들었다. 긴장했던 팀원들의 어깨가 한꺼번에 힘이 빠지듯 내려앉았다.

존은 마침내 누명을 벗은 듯 안도의 숨을 몰아쉬었다.

웬디도 정말 다행이라며 존을 향해 위로의 미소를 지어 보였다. 물론 그저 형식적인 위로일 뿐이지 프롬의 말을 전적으로 믿는 건 아니었다.

"나도 아닐 거라 생각했어, 존."

웬디는 존의 손을 꼭 잡으며 격려해주고서야 간신히 '헤이트' 객실을 빠져나올 수 있었다.

다시 '러브'의 객실로 향하는 웬디의 표정은 좀 전보다 더 비장해졌다.

커닝을 했건 말건 그런 건 관심도 없었다. 그녀가 진짜로 궁금한 건 따로 있었다. 존의 가정사는 정상인지, 집안에 사이코패스는 없는지, 그동안 연애사는 어땠는지, 연애할 때 쉽게 싫증을 잘 내는지, 성적 판타지가 합당한지 그리고 존에게 다른 여자가 있는지 여부다. 시간을 확인하니 벌써 30분이나 지체됐다.

4

웬디는 아까 열지 못했던 또 다른 러브의 객실 문 앞에 다시 섰다. 이걸 열면 보다 깊은 내면의 코어메모리를 체험할 수 있을 것이다.

웬디는 조금 긴장한 채로 문을 열었다. 이번엔 초등학교 교실이 보였다. 담임선생님이 어여쁜 전학생과 함께 들어왔고, 전학생과 눈이 마주친 3학년 존은 숨이 멎은 것처럼 창백한 얼굴이었다.

이런, 전형적인 첫사랑 클리셰였다.

아쉽지만 클리셰는 스킵이다(원래라면 코어메모리를 정속

으로 체험해야 했지만, 빌어먹을 커닝 소동 때문에 시간이 너무 지체됐다).

웬디는 디바이스의 버튼을 눌러 '스크린 모드'를 터치했다. 그러자 3D로 재현되었던 존의 코어메모리가 평면 스크린으로 전환되어 영상처럼 펼쳐졌다. 웬디는 '10초 뒤로'란 화살표를 연달아 터치하며 빠르게 스킵했다.

초딩과 중딩 시절의 연애는 몽땅 스킵이다. 그러다 마스터베이션을 하는 중학생의 존을 목격했을 때는 잠깐 정속.

오, 혈기가 넘쳐!

물론 웬디가 보고 싶은 건 이런 게 아니었다.

웬디가 존의 코어메모리를 빠르게 스킵하면서 모은 정보를 정리해보자면, 존의 연애사는 대체로 헛발질이 많았다. 얼굴값 못하고 차이는 것도 다반사. 초등학교 3학년 때의 첫사랑은 편지를 잘못 전달한 바람에 1년 동안 일진 여학생의 꼬봉이 되었다든가, 5년 동안 펜팔을 한 여자친구를 찾아갔다가 다른 남자애와 키스하는 모습을 보고 충격을 받은 적도 있었다.

웬디는 존의 어설픈 연애조차 그저 귀엽게만 보였다. 바로 그때, 웬디가 찾고 있던 사람이 드디어 그의 코어메모리에 등장했다.

이름은 정미연. 존이 제대로 연애한 첫 상대로, 대학교

1학년 소개팅에서 만난 여자!

만약 존에게 다른 여자가 생겼다면 이 여자일 가능성도 높았다.

팔짱을 낀 채 웬디는 아니꼬운 듯 코어메모리를 뚫어져라 째려봤다.

존이 정미연에게 수줍게 애프터를 신청하고 있었다. 좋단다.

미연과 사귀기로 한 날엔 침대에서 펄쩍펄쩍 뛰며 행복해했다. 그런 존을 보았을 때는 은근히 짜증이 났다. 그런데 다음 장면에선 존이 미연의 자취방에서 그녀의 몸을 애무하고 있었다. 저도 모르게 몰입하고 있는데, 갑자기 존이 러브의 객실 안으로 들어왔다.

존은 얼른 영상을 멈췄다.

"웬디, 너 설마 이것도 보려고?"

존이 놀라 물었다. 당황하는 기색이 역력했다. 웬디는 아무런 반응을 하지 않았다. 잠시 정적이 흘렀다.

"이왕 하는 거 제대로 해야지. 그냥 테스트니까."

웬디가 대수롭지 않다는 투로 말했다.

말은 그렇게 했지만 웬디는 저 여자애와의 섹스가 특별했는지, 존이 아직도 그녀를 잊지 못한 건 아닌지 궁금했다.

"이건 아닌 거 같아."

존의 표정이 꽤나 진지해 보였다.

"그럼 너도 내 러브 객실은 안 볼 거야? 나도 금지할 건데…?"

"그야…."

존이 잠시 고민하는 듯 눈알을 굴렸다. 걸려들었다!

"거봐. 너도 보고 싶잖아."

"그야, 네가 허락하면…."

"저건 그냥 코어메모리에 불과하잖아. 우린 테스터 자격으로 왔고, 보고가 많을수록 좋다고 생각해. 그 이상도… 그 이하도 아냐."

"그렇긴 하지…."

웬디와 존은 그렇게 무언의 합의를 봤다.

웬디는 다시 존과 미연의 섹스 장면을 재생했다.

존은 무척이나 서툴러 보였다. 아니나 다를까 삽입하자마자 바로 사정을 해버리고 말았다. 미연이 당황한 듯 고개를 들어 존을 보았다. 존의 얼굴에 낭패감이 가득했다.

중요한 건 그날 미연은 존에게 헤어지자고 통보한 것이다.

그날의 악몽이 떠오른 존은, 공기가 피시식 빠져버린 풍선 같았다.

웬디는 존에게 미안하고 안됐다는 표정을 지어 보였지

만, 속으로는 그들의 섹스가 오히려 시시해서 좋았다. 그러니까 정미연, 이 여자는 아니라는 얘기였다. 그럼 도대체 누구지? 존의 핸드폰에 '고모'라고 저장된 그 여자….

마침 존의 코어메모리에서 낯선 여자의 뒷모습이 보였다.

그런데 못 볼 것이라도 본 듯 헛기침을 하는 그의 표정이 마치 죄지은 사람처럼 불안해 보였다.

'그래, 저 여자구나….'

웬디의 눈빛이 사냥감을 포착한 맹수처럼 매서워졌다. 한 치의 흔들림도 없는 눈매로 화면을 주시했다.

그의 코어메모리에 등장한 여자는 샴푸 광고처럼 긴 머리를 찰랑거리며 뛰어가고 있었다. 드디어 여자가 뒤를 돌아본 순간, 웬디는 당혹감을 감추지 못했다.

그녀는 바로 자신이었다.

웬디는 존과의 첫 만남을 신입생 환영식으로 기억하고 있었다. 그러나 사실은 달랐다. 두 사람이 처음 만난 건 피키스트 입학 설명회 날이었다.

코어메모리가 진행되면서 웬디도 희미했던 그날의 기억이 서서히 떠올랐다.

입학 설명회 당일, 교통체증에 갇힌 택시에서 뛰쳐나온 웬디는 한참을 두 다리로 달려야 했다. 하지만 시간은 얼마 남지 않았고, 결국 지나가던 오토바이 앞을 막아섰다.

깜짝 놀라 멈춰선 라이더에게 뭐라도 설명해야 했지만 급한 마음에 그저 '피키스트!'라는 말만 반복했다. 네 번째 반복할 때, 라이더가 검지를 들어 뒤에 타라는 제스처를 했다.

라이더 덕분에 목적지에 제시간에 도착할 수 있었다. 하지만 웬디는 라이더에게 고맙다는 인사는커녕 손 키스만 휙 날린 채 총총히 사라졌다.

그런데… 웬디를 태워준 라이더가 존이었던 것이다!

잠깐 스톱. 웬디는 여기서 영상을 멈췄다.

"저 오토바이가 너였어?"

"응."

"근데 왜 말 안 했어?"

"그게 중요해?"

"아니, 말했으면 내가 고맙다고 인사라도 했겠지?"

"그거라면 됐어."

"근데 그때 그 오토바이는? 왜 안 타?"

"친구 녀석이 사고 내서 폐차."

웬디는 얼굴이 다 화끈거렸다. 그날의 은인이 존이었다니. 무례한 승객이 자신이었다니.

부끄러움과 동시에 이상한 설렘이 밀려왔다. 계속해서

존의 코어메모리를 플레이했다.

코어메모리에 등장한 존은 입학설명회는 듣지 않고 웬디만 바라보고 있었다.

"뭐야, 저때부터 나 좋아했어?"

웬디는 입꼬리가 올라가는 걸 간신히 참으며 물었다.

"아니거든!"

존은 괜히 목소리를 높였지만, 코어메모리에 플레이된 모습은 그의 말과는 전혀 달랐다.

존의 코어메모리는 온통 웬디뿐이었다. 입학설명회, 원서접수, 신입생 환영식까지 존의 시선은 늘 웬디를 향하고 있었다.

도서관에서 웬디가 졸 때면 편히 기댈 수 있도록 살며시 어깨를 내어주었고, 우연을 가장한 마주침을 여러 번 시도하기도 했다. 하지만 그때마다 웬디 곁에는 다른 남자가 있어 발걸음을 돌려야 했다.

웬디는 오랫동안 자신을 사랑해 온 남자로부터 진지한 고백을 받은 기분이었다. 얼굴이 저절로 뜨겁게 달아올랐다. 다음 장면이 궁금해 참을 수 없었다. 서둘러 화면을 넘겼다.

웬디와 존이 사귀기로 한 역사적인 날, 존은 집에 가는 내내 길거리에서 춤을 췄다. 사람들이 이상하게 쳐다보자

'네 미쳤습니다! 단단히 미쳤습니다!' 이딴 소리를 서슴없이 외치며 길을 누볐다.

웬디의 가슴에 왠지 모를 달콤한 승리감 같은 게 퍼져 나갔다.

연애 초창기에 존이 웬디와 손만 잡아도, 살결이 스치기만 해도 존의 아랫도리가 저절로 솟구쳤다는 사실을 알았을 때는 얼굴이 붉어지면서도 짜릿한 기분마저 들었다. 존이 그걸 숨기려 화장실을 많이 갔던 거구나. 잊고 있던 수수께끼가 풀린 기분이었다.

이쯤 보고 나니 웬디도 이상했다. 그럼 '고모'의 정체는 뭐지? 혼란이 깊어질수록 마음은 점점 더 다급해졌다.

정신없이 화면을 넘기자 막노동을 하는 존의 코어메모리에 도달했고, 빠르게 스킵한 결과 드디어 사건의 전말이 드러났다.

존은 놀랍게도 웬디를 위한 깜짝 졸업 선물을 준비하고 있었던 것이다!

그제야 웬디는 예전에 자신이 무심코 했던 말을 떠올렸다. 자신의 20대 버킷리스트 1위가 아이슬란드에서 오로라를 보는 것이라고 했던 그 말.

그러니까 존은 웬디의 버킷리스트를 이뤄주기 위해 막노동까지 하며 돈을 모으고 있었던 것이다. 항공권부터 작은 마을의 코티지, 블루라군 온천, 빙하 하이킹까지 모든 걸 빠짐없이 준비하고 있었다.

그리고 존의 핸드폰에 저장된 '고모'의 정체는 어이없게도 에어비앤비 숙박업체 주인으로 밝혀졌다. 존이 웬디 몰래 '고모'와 다툰 이유는 숙박업체가 갑자기 거래를 취소해서 벌이진 해프닝이었다.

웬디는 존의 코어메모리 앞에서 잠시 말문이 막혔다. 그가 이렇게까지 자신을 위해 헌신하고 있는지 꿈에도 몰랐다. 가슴속에서 뜨거운 무언가가 뭉클 차오르기 시작했다.

"야, 네 버킷리스트나 챙겨. 내 건 내가 알아서 할게."

웬디는 울컥하는 마음을 억누르며 괜히 투정부리듯 목소리를 높였다.

존은 웬디의 젖은 눈빛을 보며, 조용히 입을 뗐다.

"내 버킷리스트는… 네 옆이야."

그 말을 듣는 순간, 웬디의 감정은 속절없이 무너져내렸다. 실은 처음부터 그 말이 너무 듣고 싶었던 것이다.

"미안해. 나는 그것도 모르고…."

웬디는 한 번 흘러내리기 시작한 눈물을 주체할 수 없었다. 그저 하염없이 울었다. 옆에서 존이 계속 티슈를 꺼내 손바닥에 올려주느라 바빴다.

5

웬디는 기진맥진해져 꼴이 말이 아니었다. 얼마나 울어 댔는지 온몸의 힘이 빠져 탈진 직전처럼 느껴졌다. 건들기만 해도 픽 쓰러질 것만 같았다. 그러나 웬디의 마음은 그 어느 때보다 포근했다. 이 벅찬 심정을 누구에게라도 자랑하고 싶었다.

웬디가 환한 미소를 지으며 어깨를 쭉 펴고 러브의 객실을 나오는데, 왠지 어수선했다. 팀원들이 어디론가 정신없이 움직이고 있었다.

"어디 가?"

웬디가 로건에게 물었다.

"피어!"

맨 뒤에 따라가던 로건이 획 돌아보며 말했다.

"아무도 '피어'를 안 들어간 거 있지? 마지막으로 체크하기로 했어. 근데 존 저 자식, 아까 '블리스' 가니까 폐지 줍는 할머니 돕고 있더라. 뼛속까지 의인 새끼."

장점도 단점처럼 빈정거리던 로건이 곧장 '피어'의 객실 문을 열었다.

'피어'의 객실 문은 천장에 거꾸로 매달려 있었다. 녹슬어 보이지만 윤기가 도는 금속 재질의 문이었다.

피어? 웬디의 눈빛도 반짝거렸다. 이미 원하던 목적은 모두 달성했다. 다른 건 더 볼 필요도 없었는데, 그래도 구미가 당기는 건 어쩔 수 없었다.

"우리도 볼까?"

웬디가 나란히 선 존에게 넌지시 말했다.

"피곤한데, 아직도 볼 게 더 남았어?"

존도 많이 지친 기색이었다.

"아직 시간 남았잖아."

웬디는 여전히 흥미를 보이며 두 눈을 동그랗게 떴다.

"이제 그만 나 좀 이대로 믿어주면 안 될까? 나 자꾸 테스트만 받는 기분이야."

"테스트는 무슨."

웬디는 별거 아니라는 듯 웃어 보이곤 '피어'의 객실 문을 활짝 열었다.

존도 별수 없이 따라 들어갔다.

피어의 객실 문을 열자마자 벽장 안에 숨어 있는 7살짜리 존의 코어메모리가 보였다.

꼬마 존은 바닥에 떨어진 사탕을 주워 엄마 몰래 핥아먹고 있었다.

엄마가 벽장 문을 벌컥 열어 사탕을 빼앗으려 하자 꼬마 존은 괴물로 변하더니 발광했다. 괴물이라고 해봤자 애니

메이션에서 나오는 봉제인형 같은 수준이었다.

"빨리 돌려도 되지?"

웬디가 팀원들에게 동의를 구하듯 물었다. 어차피 작동 여부만 판단하면 되니까 속도 좀 내자, 그런 뜻이었다.

웬디는 팀원들의 대답을 듣기도 전에 디바이스의 버튼을 눌러 '스크린 모드'를 터치, 가상스크린에 보이는 코어메모리를 빠르게 스킵했다.

집에서 게임에 빠져 있으면서 웬디에게는 전화로 친척 장례식장이라고 거짓말하는 코어메모리는 패스(이 정도쯤이야…).

카페에서 마주친 여자와 달콤한 하룻밤을 상상하는 존도 패스(이 정도도…).

지하철에서 의인이 된 존의 코어메모리는 잠깐 스톱!

이게 왜 여기 있지? 웬디는 존의 코어메모리를 뚫어져라 쳐다봤다.

"뭐야, 이게?"

그러다 팀원들을 힐끗 돌아보자 다들 당황한 눈치였다. 그중 가장 난처한 얼굴을 한 건 존이었다.

웬디는 크게 심호흡을 한 다음 다시 코어메모리를 재생했다.

그런데 재생된 내용은 웬디가 알고 있는 상황과 너무도

달랐다. 웬디가 본 유튜브 영상 속의 존은 분명 이랬다. 시각장애인이 선로 쪽으로 넘어지자 그는 망설임 없이 곧장 선로로 뛰어내려 장애인을 구해냈다.

하지만 코어메모리에 의하면 우왕좌왕하던 존이 바닥에 미끄러지며 선로로 굴러떨어졌고, 떨어진 다음에도 장애인을 먼저 구하기는커녕 자신부터 선로에서 벗어나려 허우적거렸다. 먼저 탈출하겠다고 기를 쓴 것이다.

심지어 시각장애인을 밀쳐내며 선로 위에 있는 사람들에게 살려달라고 손을 내밀어 흔들기도 했다. 하지만 사람들이 장애인 여자를 먼저 도우려는 통에 어쩔 수 없이 그녀를 먼저 들어올렸던 것이다.

그러니까 존은 누구를 구하려 했던 게 아니었다. 그저 자기 자신이 살기 위한 몸부림에 가까웠다.

웬디는 숨이 막힐 것처럼 목구멍이 꽈악 조여오는 고통을 느꼈다. 저도 모르게 거친 숨을 토해내고 있었다.

문제는 이게 끝이 아니었다. 누군가 존이 의인처럼 보이도록 영상을 편집해 유포했고, 그 영상을 빌미로 존을 협박했다는 사실이었다. 존이 의인으로 이미지가 굳어지자 영상 유포자는 그때부터 실제 영상을 퍼뜨리겠다고 교묘하게 위협하며 본격적으로 돈을 뜯어내기 시작했다.

존이 지급받은 장학금의 절반도 이미 협박범에게 뜯겼

고, 앞으로 존이 입사할 회사에서 받게 될 월급의 30%도 다달이 주겠다는 각서도 쓴 상태였다.

웬디는 이제야 알 것 같았다. 그래서 존이 막노동까지 해야 했구나…. 모든 사정의 아귀가 딱딱 맞아떨어진다.

한참 동안 먹먹한 정적이 이어졌다. 모두가 무슨 말을 해야 할지 몰랐다.

"이거 버그지?"

웬디가 도저히 믿을 수 없다는 표정으로 조심스럽게 말했다.

"아니, 저 자식 표정을 봐."

로건이 존을 흘겨보며 냉랭하게 말했다.

존은 꼭 사형선고를 받은 죄수처럼 고개를 떨구었다. 수치심과 죄책감이 뒤섞인 얼굴이었다.

"저거… 진짜야?"

웬디가 존에게 조심스럽게 물었다. 목소리가 자기도 모르게 떨렸다.

존은 말없이 웬디의 눈을 보았다. 금방이라도 눈물을 쏟아낼 것만 같았다. 그의 촉촉하게 젖은 눈빛이 모든 게 명백한 사실이라는 걸 실토하고 있었다.

그제야 상황을 이해한 팀원들도 믿을 수 없다는 듯 탄식했다.

"어떻게 네가 날 속여! 창피하지도 않았어?"

웬디의 머릿속이 쿵쾅거리며 요란하게 울려댔다.

시각장애인을 구한 의인인 줄 알았던 남자친구가 협박범에게 돈을 뜯기는 비겁한 겁쟁이였다니!

이젠 존의 모든 것들이 부정적으로 보였다. 존이 여자들에게 늘상 차이고 다녔던 것도 뭔가 이유가 있어서 그런 게 아닐까? 게임 하면서 장례식 왔다고 말한 것도 질이 나빠. 다른 거짓말도 많은데 왜 친척을 죽여! 아까 벽장 속에서 사탕 뺏었다고 지랄 발광했던 그 괴물. 저딴 괴물도 언젠가 발현되는 거 아냐?

"우리… 그만 만나자."

웬디는 차갑고 건조한 목소리로 대번에 절교를 선언했다. 심지어 얼굴도 보지 않았다. 마음 한편에선 날카로운 파편이 박히는 기분이었다. 이렇게나 빨리 속단할 필요가 있을까…. 혹시 자신이 너무 경솔한 건 아닐까….

아무리 다른 변수를 떠올려봐도 답은 이미 정해져 있었다. 웬디는 애초에 존이 망설임 없이 선로로 뛰어들었던 그 1초가 좋았던 거다. 그 1초가 없는 존은 아무것도 아니었다.

게다가 장애인을 뒤로 밀쳐내고 자신부터 먼저 손을 내밀다니, 웬디는 얼굴이 화끈거릴 만큼 수치스러웠다.

"난 네가 의인인 척한 게 더 싫어."

"…구한 건 구한 거잖아."

존이 기어들어 가는 목소리로 대꾸했다.

"너 그걸 말이라고 해?"

"나도 진실을 말하고 싶었어. 그런데… 우리 엄마 아빠가 나한테 처음으로 장하다고 하더라. 처음으로 내 손을 잡아주더라."

존은 울컥한 감정을 삼키며 말을 이었다.

"너도 내가 의인 돼서 좋아한 거 아냐? 거기에 대고 내가 뭐라 그래? 나 사실은 그 장애인 여자 밀친 새끼라고 광고라도 해?"

"됐어! 어쨌든 넌 내가 생각했던 그런 사람이 아냐! 사탕 뺏었다고 발광했던 괴물도 기분 나빠!"

"그건 순전히 억지잖아! 설사 그게 내 무의식이라고 쳐도 그게 발현된다는 증거 있어? 단순 버그일 수도 있잖아. 중요한 건 현재 지금의 내가 어떤 사람이냐지!"

"그러니까 지금의 네가 싫다고!"

"지하철 사건 하나로 너무 하는 거 아냐? 우리 좋았던 것도 많았잖아?"

"아니! 난 지하철 그게 중요해."

순식간에 돌아선 웬디의 마음은 순식간에 너무나 멀리 달아나서 이젠 도저히 따라가 잡을 수 없을 것 같았다. 존은 허탈하게 웃었다.

"그게 네 결론이야?"

마지막으로 어이없다는 듯 물었다.

"응."

"그래? 그럼 네 코어메모리는 완벽해? 그렇게 잘났어?"

"난 최소한 장애인을 밀치는 겁쟁이는 아냐. 내 코어메모리를 경험하면 오히려 넌 더 부끄러워질걸."

웬디가 자신의 코어메모리에 대해 당당하게 말할 수 있는 데는 그만한 이유가 있었다. 그녀는 어릴 적부터 고도의 내면 트레이닝 프로그램으로 철저하게 관리받고 있었다. 최근 대뇌피질 단어지도에서도 훌륭한 진단 결과가 나왔다. 그러니 코어메모리도 자신 있었던 것이다.

존이 감정적으로 비웃었다. 그의 비웃음에는 조롱과 멸시가 뒤섞여 있었다.

"그래? 그럼 헤어질 때 헤어지더라도 네 잘난 코어메모리는 얼마나 잘났는지 보자."

분위기가 일순 살벌해졌다. 모두가 존의 눈치만 살폈다.

6

이 모든 일은 보름 전, 드림캐처 베타테스터 참여를 두고 고민하던 때로 거슬러 올라간다. 존은 평소와 다를 바 없이 버스를 타고 집으로 가고 있었다. 막 버스에서 내렸을 때, 수상한 문자가 왔다.

'웬디는 로건을 사랑해'

발신표시가 제한된 문자였다.

존은 코웃음을 쳤다. 터무니없는 장난이라고 생각했다.

그다음에는 영상 메시지가 도착했다. 20대 남녀가 호텔에 들어가는 장면이었다. 화면을 꺼버리려는 순간 등줄기로 소름이 쭉 올라왔다.

영상에 등장하는 여자의 어깨에 있던 나비 문신이 웬디의 문신과 같은 거였다. 진한 남색과 보랏빛이 어우러진 호랑나비. 날개 끝자락에 새겨진 작은 숫자 '0314'까지. 나비 문신을 확대해 살펴본 존은 두 눈을 의심했다. 웬디와 함께 있는 남자는 로건이었다. 쿵쿵, 심장이 마구 뛰었다.

그때부터였다. 만나기만 하면 티격태격하는 웬디와 로건이 팀원들 앞에서는 목소리를 높이면서 몰래 은밀한 눈빛을 주고받으며 시시덕거리는 것만 같았다.

동영상은 누가 보낸 거지? 그 동영상은 진짜인가?

그보다… 웬디는 로건과 잤나? 그건 나랑 사귀기 전일까?

만약 사귀기 전이었다면 그래도 이해할 수 있을 텐데….

존은 웬디에게 당장 캐물어야 했지만 자신이 없었다. 만약 웬디와 로건이 정말로 그렇고 그런 사이면 어쩌지? 그것보다 더 어렵고 두려운 질문도 있었다.

웬디는 날 정말 사랑했을까?

존은 고개를 흔들었다. 자신할 수 없었다.

3초. 2초. 1초. 드림캐처의 타이머가 종료되며 존의 코어메모리가 사라졌다.

웬디의 코어메모리

1

눈 깜짝할 사이에 존은 웬디의 드림캐처 속으로 들어와 있었다.

웬디의 드림캐처는 마치 최고급 호텔 로비를 보는 것 같았다. 수백 개의 크리스털 샹들리에가 천장을 수놓았고, 거울처럼 빛나는 대리석 위로 다섯 개의 객실문이 보였다.

가장 웅장한 '블리스'는 다이아몬드로 장식되어 있었다. 천장에 거꾸로 매달린 '피어'의 객실문은 새벽녘 안개처럼 희미한 회색이었다.

'헤이트'는 검은 대리석처럼 차갑게 윤이 났고, '러브'의 객실문은 봄날의 벚꽃으로 우아하게 장식되어 있었다.

'소로우'의 객실문은 찌그러진 형태로 가장 구석진 곳에 자리잡고 있었다. 거대하고 화려한 다른 객실문에 비해 마치 오래된 앤티크 보석함처럼 작고 희미했다.

'그래 그렇지, 웬디, 넌 슬픈 게 뭔지도 모를 거야…'

존은 희미하게 빛나는 소로우의 객실문을 노려보며 생각했다.

그는 사치스러운 웬디의 드림캐처가 영 거북했다. 꼭 이렇게 말하는 것만 같았다.

'거봐, 웬디는 너와 어울리지 않아!'

자신의 드림캐처 내부를 둘러보는 웬디는 뭐가 그리 신이 났는지 만면에 웃음기가 가득했다. 주체할 수 없을 만큼 들떠 보였다. 존의 드림캐처에서 그 난리를 겪고도 아무 일도 없었다는 듯 태평해 보였다. 마치 존과 헤어지는 일이 아무것도 아니란 듯이 환해 보였다.

존은 아름답게 찰랑거리는 웬디의 머리칼이 거슬렸다. 여전히 사랑스러운 미소가 신경 쓰였다. 촉촉한 입술이 제멋대로 달싹이는 게 견딜 수가 없었다.

돌겠네…. 이렇게 짜증 나는 애한테 왜 그리 집착하는 거지? 존은 웬디가 벌써 그립다. 정말 그립다. 그리워서 화가 날 지경이었다.

존은 만약 웬디가 자신을 진심으로 사랑했다면 지하철 사고쯤은 아무것도 아닐 거라 생각했다. 물론 실망이야 하겠지만 그렇게 매정하게 이별을 통보할 줄은 몰랐다.

어떤 객실을 들어가야 분이 풀릴까?

존은 원래 '러브'의 객실을 선택하려 했지만, 고민 끝에 다른 객실을 먼저 골랐다.

"괜찮겠어?"

존은 웬디에게 '헤이트'의 객실문을 가리키며 물었다.

웬디는 대답할 가치도 없다는 듯 발걸음을 돌렸다.

그러자 존이 '블리스'의 객실로 향하는 웬디의 앞을 가로막았다.

"같이 봐야지. 자신 있다며?"

웬디는 존이 쉽게 물러서지 않을 것임을 직감했다.

"이번 미션만 끝나면 깔끔하게 헤어지는 걸로?"

웬디가 마지못해 대답했다.

"응."

존이 말했다. 존의 입꼬리가 미세하게 올라갔다.

'헤이트'의 객실 안에 무엇이 있을지 몰랐다. 하지만 존은 그것이 끔찍하고 추악했으면 좋겠다고 생각했다. 내 마음에 상처를 입힌 만큼 그녀의 심장을 마구 할퀴고 싶었다.

망할 때 망하더라도 너와 같이 망해야겠어, 난!

2

헤이트의 객실문을 열었을 때 존은 믿을 수 없는 광경을 목격했다.

방송에서 약자의 편에 서서 정의를 외치던 웬디의 아버지가 고작 5살짜리 꼬마 웬디의 뺨을 때리고 있었다.

"우리 집에선 나약한 딸 따윈 필요 없다!"

웬디의 아빠가 고압적으로 소리쳤다.

유치원생이었던 꼬마 웬디가 친구에게 맞고 왔다는 게 딸의 뺨을 때린 이유였다.

웬디의 아버지는 4선 중진 여당 국회의원이자 차기 당대표 후보로 거론되는 실세 정치인이었다. 어머니는 하버드 MBA 출신으로 국내 최대 로펌의 대표 변호사였고, 언니는 차앤장 법률사무소의 신입 변호사, 오빠는 서울대병원 성형외과 레지던트 1년차로 그야말로 '한국의 케네디 가문'이라고 할 만했다.

명절이면 웬디의 가족들이 스위스 샬레에서 찍은 가족사진이 각종 매거진을 장식했다. 웬디네 가족들의 인터뷰에는 늘 '가족이 제 성공의 원동력'이라는 말이 빠지지 않았고, SNS에는 '자랑스러운 우리 가족'이라는 해시태그와 함께 완벽한 미소로 어우러진 사진들이 올라왔다. 모두가 선망하는 가정이었다. 적어도 겉으로 보이기에는.

웬디 아빠가 꼬마 웬디의 뺨을 때리는 코어메모리가 플레이되었을 때 그녀의 표정을 봤어야 했다. 숨이 턱 막히는 얼굴이었다. 존은 5살짜리 꼬마 웬디에겐 미안했지만, 한편으론 고소한 마음이 들기도 했다.

"웬디, 너도 별거 없구나. 한국의 케네디 가문이라길래 좀 다를 줄 알았는데?"

뻔히 기분 나쁠 것 알면서도 존은 의도적으로 상처 주는 말을 서슴없이 내뱉었다.

"닥쳐!"

웬디는 뭔가 잘못된 거라 생각했다. 도저히 믿을 수 없다는 듯, 본인의 코어메모리를 '스크린 모드'로 변경했고, 빠르게 스킵하며 확인했다.

하지만 그 뒤에 이어진 코어메모리는 더 잔혹했다.

존이 보기에 웬디 가족은 인간이기를 포기한 사람들 같았다.

구구단이 틀린 개수만큼 꼬마 웬디의 뺨을 때리며, 맞은 만큼 숫자를 세게 하는 엄마, 그 옆에서 혀를 내밀며 약을 올리는 언니와 오빠. 총 여덟 대를 맞은 꼬마 웬디는 끝내 울지 않으며 끝까지 숫자를 셌다. 대신 그날 밤, 무릎을 꿇은 도우미들의 뺨을 때리며 스트레스를 풀었다.

"니들 아까 웃었지? 내가 다 봤어! 내가 우스워?"

꼬마 웬디가 찢어지는 목소리로 울부짖었다.

"숫자 세! 똑바로 세!"

본인의 코어메모리를 확인한 웬디는 충격에 휩싸였다. 분명 기억에는 없었지만 무언가 기시감이 느껴졌다. 묻어 두었던 기억들이 스멀스멀 떠오르기 시작했다.

존은 일그러지는 웬디의 표정을 재밌다는 듯 지켜봤다. 웬디가 고통스러워할수록 본인이 치유 받는 느낌이 들었다.

웬디는 제정신이 아닌 듯 자신의 코어메모리를 뒤졌다.

복수를 위해 언니, 오빠의 음식에 설사약을 넣는 꼬마 웬디의 코어메모리를 볼 때는 쥐구멍이라도 있으면 숨고 싶은 심정이었고, 비록 미수에 그치긴 했지만 가족이 모두 함께 타는 차의 브레이크 선을 망가뜨리는 모습을 볼 때는 참담했다.

어린 시절, 잘난 언니, 오빠에 비해 여러모로 부족했던 웬디는 가족들의 조롱 속에서 자랐다. 따뜻한 가정의 모습과는 거리가 멀었다. 주어진 평가 기준에 맞지 않으면 즉시 버려지는 냉혹한 환경이었다. 온 가족이 가담한 학대는 웬디가 국제중에 합격하면서부터 겨우 멈추기 시작했다. 웬디가 전교 1등을 놓치지 않게 되자 더 이상 아무도 웬디를 건드리지 않았다.

웬디는 가족끼리 종종 냉대와 조롱이 섞인 대화를 시도 때도 없이 해오긴 했지만, 이 정도인 줄은 몰랐다. 온몸에 힘이 쭉 빠지는 기분이었다. 더 이상 이어지는 코어메모리를 볼 수 없을 것만 같았다. 도저히 더 들여다볼 엄두가 나지 않았다.

존은 웬디가 무너지는 모습을 볼 때마다 가슴 한켠이 시원하게 뻥 뚫릴 줄 알았는데, 꼭 그렇지만은 않았다. 어느 순간부터는 마치 자신의 살점을 도려내는 것 같은 통증이 느껴졌다.

네가 날 버리지 않았다면 난 널 안아줬을 텐데….

코어메모리 따위 아무것도 아니라고 위로해줬을 텐데…. 속마음과 달리 존은 빈정거리기만 했다.

"대단한 가족이다. 존경스러워."

존은 박수를 치며 비아냥거리듯 말했다.

"까보니까 나도 너 별로다. 헤어지길 잘했어."

그건 사실이 아니었다. 존은 아직도 웬디를 원했다. 하지만 자기도 모르게 못된 말이 자꾸 튀어나왔다.

웬디는 제대로 서 있기도 힘든 만큼 기력이 빠져 있었다. 존에게 모욕을 당한 것보다 이토록 끔찍한 기억을 망각했다는 사실이 더 소름 끼쳤다. 어떻게 이 지독한 것들을 잊을 수 있어. 어떻게!

존은 온몸을 부들부들 떠는 웬디를 은근히 외면했다. 웬디의 마음을 더 난도질 하고 싶었다. 매정하게 다음 코어메모리를 재생했다. 마치 웬디의 치부를 볼 때마다 널 깨끗하게 잊어버릴 수 있다는 듯이.

3

존의 바람대로 헤이트의 객실은 웬디의 추악한 코어메모리로 넘쳐났다.

인플루언서가 되고 싶었던 고딩 웬디가 인스타 팔로우를 모으기 위해 한 명 당 오백 원을 주고 사들인 짓은 그나마 귀여운 축에 속했다. 고딩 때부터 여덟 명의 남친 대기조를 관리한 웬디는 예비 남친들의 등기부등본까지 떼어보며 그들의 집안, 성적, 대학 진학 가능성까지 꼼꼼히 파악한 후에야 데이트 순서를 정했다.

과학도가 된 것도, 매달 하는 기부활동과 봉사활동도, 그저 팔로워를 늘리기 위한 일종의 브랜딩이었다.

웬디는 자신의 코어메모리가 하나씩 드러날수록 그만큼 독해졌다. 여기까지 까발려지고 나니 이미 모든 걸 다 잃은 기분이었다. 모든 게 흐릿하기만 했다.

"왜 속이 시원해? 너도 나 비웃고 있지? 내가 우스워 죽겠지?"

웬디가 존을 노려보며 으르렁거리듯 말했다.

"어, 존나 우스워!"

존이 잠깐 화면을 멈췄다.

"잘됐네. 우리 헤어졌잖아. 그럼 그만해도 되잖아? 여기서 그만 끝내."

"아니, 아직 시작도 안 했어!"

존은 신경질적으로 다시 플레이했다.

존은 웬디의 이중적인 모습이 가소롭기는 했지만 거기까지는 그러려니 했다. 문제는 웬디와 존의 공식적인 첫 만남이었던 '신입생 환영식'이 헤이트의 객실로 분류되었다는 사실이었다.

신입생 환영식에서 존이 무대에 선 이유는 오직 웬디를 위해서였다. 존은 웬디에게 잘 보이고 싶었다. 매일같이 웬디의 시간표를 외워 우연인 듯 마주치고, 도서관에서 일부러 웬디 옆자리를 차지했다. 하지만 돌아온 것은 웬디의 냉대와 모욕이었다.

"재는 나랑 급이 안 맞지?"

어느 날, 웬디가 그녀의 절친에게 존에 대해서 한 말이었다.

예상은 했지만 마음이 아팠다. 화도 났다. 저는 얼마나 잘났길래!

웬디는 뻔뻔하게도 자기는 모르는 일이라며 양팔을 으쓱해 보였다.

그래서 '뭐 어쩌라고?'하는 제멋대로의 제스처였다.

존은 필사적으로 평정심을 유지하는 척했다. 애써 아무렇지 않은 척해보려 했지만 눈에 핏발이 서고, 손에 자꾸만 힘이 들어갔다.

신경질적으로 코어메모리를 넘기다가 무언가를 발견했다. 잠깐 스톱. 찾았다! 존이 베타테스터가 된 이유. 그토록 찾고 싶었던 그것! 이게 헤이트에 있을 줄은 몰랐다.

로건과 웬디의 키스 장면.

그 장면이 가상스크린에 뜨자 웬디는 숨이 멎는 것만 같았다. 이건 설명이 필요한 상황이었다.

"보지 마!"

웬디가 소리쳤다.

"왜? 넌 내 거 다 보고, 난 왜 안 돼?"

"이건 안 돼!"

"그건 내가 판단해!"

분노에 휩싸인 존은 발작적으로 코어메모리를 되돌려보았다.

존은 제발 이 코어메모리가 자신의 착각이길 바랐다. 적어도 나와 사귀기 전이라면 너를 이해할 수 있을 텐데.

하지만 코어메모리를 통해 알게 된 진실은 잔인했다.

웬디와 로건 단 둘이 만난 건 1년 전, 존이 그놈의 영상 유포자 초딩 새끼와 담판을 짓기 위해 갑자기 부산을 갔을 때였다.

"박준우 개자식…."

1년 전, 웬디가 로건에게 내뱉은 말이다.

그래, 그날 웬디가 6개월 전부터 예매해 두었던 뮤지컬 공연을 함께 보지 못한 건 내 실수다. 그래도 웬디는 그사이를 못 참고 다른 남자를, 그것도 로건을 만났다.

웬디는 홧김에 로건과 술을 마셨고, 술김에 호텔로 향했다. 그것도 우리가 매번 가던 아이비 호텔을!

웬디와 로건이 웃옷을 벗어던지며 미친 듯이 키스를 나눴을 때 존은 머릿속이 하얘졌다. 더 이상 끓어오르는 감정을 참을 수 없었다. 얼굴이 일그러지며 금방이라도 눈물이 날 것만 같았다.

미치겠는 건 웬디도 마찬가지였다. 심장이 터질 것만 같았고, 안절부절못한 채 서성였다.

코어메모리 속에서 웬디와 로건이 섹스를 하려던 그 순간 영상이 끊겼다. 앞뒤로 돌려봤지만 두 사람의 모습은 더 이상 찾을 수 없었다.

"네가 생각하는 그런 거 아냐!"

웬디가 존에게 말했다.

"잤어, 안 잤어?"

존은 피가 거꾸로 솟구치는 듯 소리쳤다.

"뭐! 어쩌라고! 헤어졌으면 됐잖아."

웬디는 속 시원하게 대답하지 않았다.

존은 이 방 저 방을 돌아다니며 로건과 웬디의 코어메모리를 뒤졌다. 하지만 찾을 수 없었다.

이성을 잃은 존은 드림캐처 안을 휘저으며 로건을 찾기 시작했다.

초조한 웬디도 존의 뒤를 바짝 쫓았다.

로건은 빌리스의 세 번째 안쪽 객실에서 찾을 수 있었다. 존은 로건을 보자마자 다짜고짜 때려눕혔다.

"뭐야?"

로건이 소리쳤다. 아무리 드림캐처라도 통증은 그대로 전해진다. 이 정도의 타격감이라면 연구실에서 자고 있는 로건에게도 입안이 찢어지는 고통이 전달될 것이다.

"잤어?"

존이 다시 물었다.

로건은 무슨 뜻인가 싶었다.

"잤냐고!"

로건은 자신을 보는 웬디의 다급한 얼굴을 보고 그제서야 무슨 말인지 눈치챘다.

"존, 오해야! 그거 진짜 오해. 그냥 해프닝!"

"니들은 절친 애인이랑 자는 게 해프닝이야?"

존이 고래고래 소리치는 통에 에나와 프롬이 무슨 일인가 싶어 달려왔다.

존은 타이머를 확인했다. 로건의 드림캐처까지 10분 남았다.

"씨발, 아무도 움직이지 마! 내 앞에 그대로 있어!"

존은 로건과 웬디에게 발악하듯 소리쳤다.

그래, 이제 로건의 드림캐처를 보면 진실이 나오겠지.

"내 눈으로 확인할 거야. 너희들이 말하는 그 해프닝!"

"네가 무슨 자격으로?"

웬디가 떨리는 목소리로 소리쳤다.

"이제 너한테 이럴 권리 없어. 우리 헤어졌어. 헤어졌다고."

웬디가 차갑게 말했다.

"네가 말한 테스터의 자격으로!"

존이 비웃듯 응수했다.

"보고가 많을수록 좋다면서? 다 보여줄 수 있다며? 자신 있다며?"

존이 광기 어린 표정으로 계속 말을 이어갔다.

"지금부터 규칙을 바꾼다. 이제부터 모든 코어메모리는 다 같이 봐. 그래야 공평하잖아?"

존이 다른 팀원들을 돌아보며 선언했다.

웬디는 미친 듯이 날뛰는 존을 불안하게 바라봤다. 존의 눈빛은 사탕을 빼앗겼다고 발광하던 그 괴물의 눈빛과 똑같았다.

'그래 바로 저 눈빛이었어. 드림캐처가 맞았어.'

웬디는 연신 중얼거렸다.

사실 존이 가장 확인하고 싶은 방은 '러브'의 객실이었다. 웬디가 날 정말로 사랑했는지 그것만 확인하면 되었다.

하지만 존은 가장 확인하고 싶은 걸 보지 못했고, 차마 묻고 싶은 걸 묻지 못했다.

날 사랑했느냐고.

날 정말 사랑했느냐고….

4

웬디가 존에게 결별을 선언하는 그 순간, 어디선가 날아온 날카로운 파편이 그녀의 가슴 한구석을 찌르고 지나갔다. 웬디는 애써 찢어진 마음을 외면했다. 괜찮아, 어쩔 수 없는 선택이야. 신뢰를 저버린 건 존이라고.

존이 그 어떤 망설임도 없이 선로로 뛰어들었던 1초는 웬디가 단 한 번도 경험해본 적 없는 인간의 가장 아름다운 몸짓이었다. 그녀로서는 결코 가질 수 없는 무조건적인 선의였다. 물론 존과 함께할 때의 편안함과 온기, 그 속 깊은 선함 또한 거짓은 아니었다. 하지만 그 모든 것에도 불구하고 웬디가 반했던 1초가 애초에 존재하지 않았다는 사실은 모든 걸 뒤흔들어놓기에 충분했다.

게다가 존은 선한 의인이 아니라 '찌질하고 치졸한' 가짜에 불과했다. 그러니 결별의 귀책사유는 명백하게 존에게 있다고 믿었다.

하지만 웬디는 그 1초 때문에 헤어진 게 아니란 사실을 알고 있었다.

웬디의 이별 통보는 본질적으로, 주어진 기준을 통과하지 못하면 가차 없이 버리는 부모님의 방식과 다르지 않았다. 그토록 경멸하던 방식을 자신이 그대로 답습하고 있다는 사실을 깨닫자, 견딜 수 없이 가슴이 아려왔다. 스스로 쏟아냈던 독설들이 부메랑처럼 되돌아와 저에게 꽂히는 것 같았다.

지금이라도 결별을 취소하고 용서를 빌면 존은 자신을

꼭옥 안아줄지도 몰랐다. 하지만 잘못을 인정하는 순간, 스스로를 지탱하는 모든 것들이 무너질까 두려웠다.

'네가 어떤 모습이어도 괜찮아.'

그 말을 듣지 못할 바엔 차라리 상처를 주고서라도 먼저 관계를 망치는 게 나았다. 왜 이렇게 마음이 아픈지 이해할 수 없었다. 확실한 건 존은 웬디에게 큰 의미였다는 사실이었다. 목에 칼이 들어와도 그걸 존 앞에서 인정할 일은 없을 것이다.

3초. 2초. 1초.

드림캐처의 타이머가 종료되며 처참했던 웬디의 코어메모리가 종료되었다.

로건의 코어메모리

1

로건의 드림캐처는 존의 시선을 사로잡았다. 다섯 개의 객실 문이 완벽한 원형으로 배열되어 있었지만, 여느 드림캐처와는 다른 기이한 특징도 있었다. 모든 문이 정확히 흑백으로 나뉘어져 있었던 것이다. 마치 낮과 밤이 공존하는 듯, 선명한 경계선이 각각의 문 한가운데를 가로질렀다.

존은 투명한 수정과 불투명한 흑진주로 절묘하게 나뉜 '러브'의 객실 문을 한참이나 노려보았다. '러브'의 객실, 저 안에 로건과 웬디가 벌인 불륜의 현장이 있을 것이다.

존에게 로건은 그동안 가족이나 다름없었다. 할아버지 장례를 치르고 가장 힘든 시간을 보낼 때 묵묵히 존의 곁을 지켜준 유일한 친구였다. 웬디를 향한 존의 마음을 누구보다 잘 아는 사람도 바로 로건이었다. 심장이 쿵 하고 떨어졌던 첫 만남부터 랩실에서 나눈 첫 키스까지, 모든 순간의 증인이었다. 그런데 왜 로건이? 도대체 왜?

존은 로건과 웬디가 함께 호텔에 있는 코어메모리를 확인한 순간, 자신을 지탱하던 두 개의 세계가 동시에 와르르 무너지는 느낌이었다. 그에 대한 배신감보다 친구를 영영 잃게 될지도 모른다는 두려움이 더 컸다. 그래서 베타 테스터가 되는 것을 망설이고 망설였다.

그런데 막상 웬디와 로건이 미친 듯이 키스를 나누는 장면을 보자, 오직 한 가지 생각밖엔 들지 않았다.

죽이고 싶다. 죽어버려, 로건!

존은 눈앞이 캄캄해졌다. 아무 소리도 들리지 않았다. 오직 저 배신자들을 어떻게 박살낼지, 그 생각밖엔 아무것도 떠오르지 않았다.

“모두 따라와!”

존이 ‘러브’의 객실을 가리키며 팀원들에게 명령하듯이 목소리를 높였다.

팀원들은 모두 그의 눈치만 봤다. 존은 극도로 흥분한 상태였고, 누구도 말릴 엄두를 내지 못했다. 잘못 건드렸다간 무슨 잔혹한 짓을 저지를지 모른다는 두려움이 앞섰다.

“너 지금 돌아올 다리까지 불태우고 있는 거야. 결정 똑바로 해.”

웬디가 존을 노려보며 차갑게 말했다.

“우리한테 돌아갈 다리가 있긴 했어?”

존이 비웃듯이 응수했다.

웬디는 더는 아무 말도 하지 못했다. 존의 말이 맞았다. 두 사람에게 돌아갈 다리 같은 건 더 이상 남아 있지 없었다.

존이 ‘러브’의 객실 쪽으로 성큼 다가갔다.

“뭐해? 따라오지 않고!”

존이 문 앞에 멈춰 서서 으름장을 놓듯 소리쳤다.

에나가 가장 먼저 안으로 들어서자, 존은 그녀의 뒤통수를 보며 슬며시 입꼬리를 올렸다.

존은 에나와 프롬을 불륜을 저지른 두 죄인들의 증인으로 삼을 작정이었다. 물론 에나는 팀원들의 치정극 따위는 관심 없을 것이다. 자신의 위협이 먹혔을 리도 없을 테다.

그저 드림캐처가 정상적으로 작동하는지 그것만 중요할 테지. 이 와중에 이성적인 행동을 선택할 수 있는 여유, 그건 좀 짜증이 났다.

에나가 객실로 들어가자 프롬도 뒤따랐다. 멀뚱거리던 로건도 결심을 굳힌 듯 안으로 곧장 들어섰다. 기왕 이렇게 된 바에야 정면 돌파 말고는 딱히 뾰족한 수가 없다고 판단한 것이다.

웬디만 남았다. 웬디는 겉으로는 당당한 척했지만 속은 까맣게 타들어갔다. 누구라도 붙잡고 하소연하고 싶었다. 하지만 가장 짜증 나는 건 정작 하소연할 그날의 기억 자체가 없다는 거였다.

그날, 그러니까 존에게 바람맞은 다음 날, 웬디가 잠에서 깨어나 발견한 건 한 침대에서 홀딱 벗은 채 나란히 뻗어 잠든 로건과 자신이었다.

둘 사이에 어떤 일이 벌어졌는지 도무지 기억나지 않았다. 전날 혼자 술을 마셨던 것까지는 기억났다. 하지만 언제, 어떻게 로건이 끼어들었는지는 감조차 오지 않았다.

로건과 잤나? 알 수 없었다. 몽롱한 채 일어나 앉은 웬디는 옷을 입고 서둘러 도망쳐야 한다는 생각밖에 없었다. 심장이 돌아오는 내내 쿵쾅거렸다.

다음 날 학교에서 로건을 만났을 때, 그가 조심스럽게

말을 걸어왔다.

"웬디, 어제 말이야…."

"어제? 어제 뭐? 무슨 일 있었어?"

웬디는 아무 일도 없었다는 듯 능청스럽게 되물었다. 그 일은 말 그대로 없던 일이 되어야 했다. 입 밖으로 꺼내서도 안 될 일이었다.

로건은 웬디의 의도를 한눈에 간파했다.

"어… 아무것도 아냐. 아무것도…."

로건이 머쓱해하며 돌아섰다.

혼자 남은 웬디도 아무 일 없었다는 듯 가던 길을 갔다. 그렇게 기억 속에서 지우면 진짜 없었던 일이 될 줄 알았다.

웬디는 자신이 이렇게 감정을 소모하면서 불안에 떠는 게 속상했다. 알고 보면 이게 다 존 때문이다!

존이 그날 약속을 어기지만 않았어도 혼자 궁상맞게 술을 퍼마시진 않았을 거다. 그런데 그 날 정말 로건과 잠까지 잤으면 어쩌지? 생각만으로도 자존심 상하고, 끔찍했다.

그때 웬디의 비틀어진 오기가 꿈틀거렸다.

왜 나만 당해야 해? 그래, 잤으면 뭐 어쩔 건데? 어차피 존과는 끝났잖아. 더 나빠질 것도 없었다. 어차피 망친 관계라면 웬디도 차라리 존에게 상처를 입히고 싶었다. 그게 존에게 퍼부을 수 있는 최고의 복수라 생각했다. 같이 망하길 바란다면 얼마든지.

2

웬디가 '러브'의 객실 문을 열자, 신음 소리가 흘러나왔다. 로건이 여자의 젖꼭지에 입을 맞추는 코어메모리가 재생되고 있었다. 상대 여자는 웬디와 함께 피키스트 양대 여신으로 불렸던 새롬이었다.

이제는 모두 잊었지만, 로건은 한때 그러니까 입학하고 딱 한 학기 정도 피키스트 최고의 뇌섹남으로 불린 적이 있었다. 당시엔 하루에 고백만 세 번씩 받는다는 소문이 떠돌 정도였다.

"내 사생활까지 다 뒤질 작정이야?"

사적인 코어메모리가 떠오르자 로건이 고개를 홱 돌리며 소리쳤다.

존은 로건에게 대꾸하는 대신 가운데손가락을 쑥 내밀었다. 손가락 대신 이렇게 말하고 싶었다. 죽어버려, 로건!

'스크린 모드'로 변경한 존은 신경질적으로 코어메모리를 넘겼다.

로건의 생일날, 그의 사물함이 온갖 선물로 넘쳐나는 코어메모리는 넘기고, 로건의 팬미팅 수준의 스터디 모임도 넘기고. 로건이 에나와 키스하는 코어메모리는….

잠깐, 김에나? 프로젝트 드림팀의 에나?

화면을 주시하던 존은 자신이 제대로 본 게 맞는지 두 눈을 부릅뜨고 다시 확인했다. 아무리 봐도 에나와 로건이 맞았다.

에나와 로건은 피키스트 사람이라면 모르는 이가 없다는 '아이스버킷 커플'이 아닌가. 물론 여기서 커플은 연인이 아닌 철천지원수라는 의미였지만.

그런데 두 사람이 정말 키스 비슷한 걸 했다. 정확히는 로건이 일방적으로 에나에게 퍼부었다.

팔짱을 끼고 느긋하게 감상하던 웬디는 자기도 모르게 풉, 하고 웃음을 터뜨렸다. 나만 바보가 된 게 아니라는 쾌감과 안도감을 느꼈는지도 몰랐다.

로건의 얼굴이 토마토처럼 벌겋게 물들었다. 프라이팬을 머리에 올려놓으면 계란이 지글지글 익을 것만 같았다.

입을 헤, 벌리고 보는 존은 황당하기도 했지만, 동시에 흥미로웠다. 두 사람이 언제 저런…?

빠르게 전 상황으로 돌렸다. 다른 건 몰라도 이건 꼭 봐야 돼!

시점은 분명했다. 1학년 2학기, 로건과 에나의 기싸움이 최절정에 달했을 때였다. 그날도 로건과 에나는 수업 후

한창 리포트에 대한 논쟁을 벌이던 참이었다.

자세히 들여다보면 논쟁이라기보다는 로건의 일방적인 시비에 불과했다.

"내가 뭘 하든 네가 무슨 상관인데? 망해도 내 아이템이야!"

참다못한 에나가 날을 세워 소리쳤다.

로건은 입술을 꾹 다물고 싶었지만 결국 참지 못하고 이렇게 외쳤다.

"좋아하니까! 좋아하니까!"

강의실 안에 예상치 못한 정적이 흘렀다. 그리고 로건은 얼굴을 들이밀어 에나의 입술에 자신의 입술을 포갰다.

너무 놀라 얼어붙었던 에나는 정신이 들자 반사적으로 로건의 뺨을 세차게 후려치며 말했다.

"꺼져줄래?"

고개가 돌아갈 정도로 충격을 받은 로건은 머리를 몇 번이나 흔들었다.

"아, 씨… 몰라. 됐어. 그냥 신경 꺼."

그러곤 급하게 가방을 챙겨 문을 박차고 뛰쳐나갔다.

존은 연신 실룩이는 입술을 주체하기 어려웠다. 웃음을 참느라 몇 번이나 이를 악물어야 했다. 생각할수록 배를 잡고 웃을 노릇이었지만, 아직은 그럴 때가 아니었다. 지금은 웬디와 로건의 불륜에 집중해야 했다. 하지만 이것만 큼은 포기할 수 없었다. 도저히 궁금해서 참을 수 없었다.

2학년 2학기 때였던가? 로건이 느닷없이 앞니가 부러져 나타난 적이 있었다. 코어메모리로 확인해보니 그것도 에나가 원인이었다. 에나를 괴롭히던 선배 네이선에게 깜냥 도 안 되면서 대들었다가 얻어터진 거였다. 에나에 대한 짝사랑이 어찌나 애절한지 눈물 없이 보기 힘들 지경이었다. 하지만 에나는 그러거나 말거나 로건에게 내내 냉랭했다.

1년 전인가, 로건이 한 달 가까이 잠적한 적이 있었다. 어디로 사라졌던 건가 했더니, 그때도 매일 에나를 찾아갔 던 것이다.

에나가 일하는 와인바에 밤늦게 나타난 로건은 이미 술 에 잔뜩 취해 있었다.

바에 널브러져 있던 그는 서빙을 하던 에나의 손을 덥석 잡았다. 손을 잡은 채 힘겹게 말했다.

"우리 만나자⋯."

잠시 숨을 고르고 나서 다시 말을 이었다.

"사귀자⋯."

어색한 침묵이 흐르고, 로건은 간절하게 마지막 말을 내 뱉었다.

"연애하자."

에나는 매달리듯 잡은 손을 휙 뿌리치고 지나쳤다.

로건이 손목을 다시 붙잡았다. 절박함이 담긴 눈빛으로 에나를 올려다보았다.

"이번 주 토요일이 내 생일인데… 만날래, 우리?"

에나는 아무런 감정도 담기지 않은 텅 빈 눈으로 로건을 내려다봤다.

"내 진짜 생일이거든."

로건이 불쌍한 척 말했다. 궁상맞기 이를 데 없는 표정이었다.

"랩실에서 기다릴게. 너 올 때까지."

에나는 여전히 미동조차 없었다.

"꺼져줄래?"

귀찮다는 듯이 신경질적으로 말했다.

로건의 입가에 쓰디쓴 미소가 스쳐 지나갔다. 문제는 로건이 에나에게 차인 이날이 웬디와 호텔에 간, 그날이라는 것이다. 드디어 결정적 장면을 포착한 존은 한시도 눈을 뗄 수 없었다.

에나에게 비참하게 차인 뒤, 로건은 학교 앞 허름한 맥줏집에서 홀로 2차전을 벌였다.

그때 마침 웬디가 옆 테이블에서 어깨를 건들거리며 혼

술에 빠져 있었다. 존에게 바람을 맞고 몇 시간째 술잔을 기울이던 중이었다.

웬디와 눈이 마주치자, 로건은 어이없게도 웬디를 에나로 착각했다.

"야. 김에나, 너 뭔데? 네가 그렇게 잘났어?"

"뭐라는 거야? 저 돌아이 새끼가."

인상을 팍 찌푸리더니 웬디가 혀 꼬인 발음으로 중얼거렸다.

"야! 난 김에나야."

인사불성이 된 건 웬디도 마찬가지였다.

두 볼썽사나운 취객의 눈빛이 정면으로 마주쳤다. 취한 눈빛이 묘하게 통했다. 자연스럽게 둘은 합석했다.

잔뜩 취한 로건이 제멋대로 웅얼거렸다.

"김에나! 너 그 고차원 데이터 분석 리포트 있잖아. 내가 그거 진짜 좋아서 피드백 줬는데 또 깠냐? 내가 우습냐? 만만해? 왜 자꾸 까?"

웬디는 엉뚱하게 허공을 바라보며 투덜거렸다.

"박준우, 개자식…. 나쁜 새끼. 기분 완전 개 같네."

로건과 웬디는 허공에 대고 각자 제 하고 싶은 말만 쏟아내고 있었다.

"김에나…. 난 네가 너무 불쌍해. 알아? 내가 더 불쌍해야 하잖아. 근데 난 네가 불쌍하다고. 안됐다고…! 그래서 자꾸 생각나잖아.”

“불안해…. 존은 날 사랑하지 않는 것 같아.”

서로 가장 마음 아픈 진심을 털어놓았지만, 그 어떤 말도 이어지지 않았다.

그때 술기운에 얼굴이 붉어진 웬디가 갑자기 테이블을 쾅, 두드리며 외쳤다.

“씨발, 이래 봬도 내가 연애계의 알파고거든? 왜 내가 박준우 그 새끼 꽁무니나 쫓아야 돼? 박준우 아니면 안 될 줄 알아? 나 200만 팔로우 인플루언서야!”

흥분한 웬디가 술기운에 휘청이며 이리저리로 고개를 돌렸다.

“안 되겠다. 내가 오늘 여기서 아무나 잡는다.”

웬디는 게슴츠레한 눈으로 앞에 건들거리며 앉아 있는 로건을 가리켰다.

“야, 가자! 호텔! 가서 호텔 잡아!”

로건이 어리둥절해하면서도 입꼬리가 귀에 걸릴 듯 말했다.

“김에나, 정말?”

“그래!”

“진짜다? 네가 먼저 꼬신 거다.”

그렇게 두 사람은 비틀비틀 서로를 부축해가며 호텔로 들어섰다. 그리고 격정적이고 현란한 몸놀림의 향연이 플레이되었다. 그것은 서로를 향한 열정도 욕망도 아닌, 오직 각자의 비참한 자존심과 상처만이 뒤엉킨 처절하고도 공허한 난투극일 뿐이었다.

"내가 더 잘나가! 내가 훨씬 더 잘나간다고!"

웬디가 상체를 번쩍 들어올리며 도발하듯 로건을 내려다보고 승리한 듯 외쳤다.

로건이 웬디를 다시 뒤집어 제압하며 으르렁거리듯 속삭였다.

"두고 봐. 내가 얼마나 괜찮은 놈인지 증명할 거야! 너한테 말야! 내 말 들려, 김에나?"

마침내 로건은 텅 빈 욕망의 끝자락에서 무력하게 무너져 내렸다.

코어메모리가 일시 정지되자, 객실 안에는 무겁고 불편한 정적이 감돌았다.

에나는 저와는 무관한 일이라는 듯 태연해 보였다. 프롬은 놀란 토끼처럼 충혈된 두 눈을 크게 뜨고 멤버들의 눈치를 살폈다.

로건은 얼굴을 양손으로 감싼 채 비틀거렸다. 그에겐 이곳에서 완전히 사라져버리고 싶은 마음뿐이었다. 웬디는 참담했다. 더 이상 아무것도 머릿속에 들어오지 않았다. 이건 아니었다. 믿기지 않았다. 저건 자신이 아니라고, 가짜라고 누구에게랄 것도 없이 중얼대고 있었다.

존은 터져 나오려는 웃음을 참지 못하고 결국 배를 부여잡고 자지러졌다. 그동안의 모든 긴장이 한꺼번에 풀린 듯, 눈물까지 찔끔 흘리며 바닥을 굴렀다.

"하하하, 진짜 너희들… 눈물겹다…."

존이 일부러 과장되게 웃어대자, 로건은 이를 갈며 경고했다.

"이제 그만해. 이쯤 했으면 됐잖아."

존은 그럴 생각이 전혀 없어 보였다. 느긋하게 로건에게 다가갔다. 웃고 있지만 눈빛은 섬뜩했다.

"아니, 이제 시작이야."

로건은 가슴이 무너져내리는 것만 같았다. 어쩌다 여기까지 왔는지 도무지 믿기지 않았다. 그동안 존은 친구 이상의 존재였다. 그의 할아버지가 돌아가셨을 때 무려 일 년을 준비했던 세계일주도 포기하고 한달음에 달려갔다. 장례 기간 동안 내내 함께 밤을 지새웠고, 운구할 때도 곁을 지켜주었다.

존이 마음을 추스를 수 있도록 한 달 넘게 자신의 집을 내어주었으며, 매일 밤 그의 흐느낌을 묵묵히 들어주었다. 그런데 그 모든 게 한낱 꿈같이 여겨졌다.

로건은 다시 한번 단호하게 말했다.

"그만해. 이제 다 끝났어."

존은 눈썹을 치켜세우며 싸늘하게 그를 쳐다봤다.

"왜? 아직 더 숨겨놓은 게 남았어?"

"그만 좀 하라고!"

존이 들은 척도 않고 또다시 플레이 버튼에 터치하자, 카페의 전경이 떠올랐다.

낯선 중년 여인과 마주 앉은 로건이 보였다. 머리가 장발인 걸 보니 1년 전일 것이다.

"보지 마!"

로건이 흥분하며 소리쳤다.

원래라면 스킵했어야 될 코어메모리였지만 존은 멈추지 않았다. 처음 보는 그 중년 여성이 어딘가 기시감이 들었다. 분명 어디선가 봤던 얼굴이었다. 누구지?

화면 속 여자가 입을 열었다.

"돈 좀 있니?"

화면에 비친 로건의 눈가에는 금방이라도 눈물이 맺힐 듯했다. 그런 로건을 빤히 쳐다보며 여자가 태연하게 이어 말했다.

"그래도 넌 좋은 부모 만나서 잘 자랐잖아. 난 충분히 너한테 돈 받을 자격 있다고 생각해."

로건은 억눌린 목소리로 힘겹게 말했다.

"난 적어도 미안하다고 할 줄 알았어요."

존은 화면 속, 로건의 텅 빈 표정을 보며 이 중년 여성이 누구인지 짐작할 수 있을 것 같았다. 로건이 누구를 닮았는지도.

"세상에 어떤 엄마가 이래! 이건 아니잖아! 이건 너무 하잖아!"

로건의 얼굴이 고통스럽게 일그러졌다.

진짜 엄마라고?

다들 영문을 몰라 눈이 동그래졌다. 로건의 부모님은 두 분 다 의사다. 여간 바쁘신 분들이 아닌데도 로건 친구들 이름을 하나하나 기억했고, 생일도 챙겨주는 다정한 분들이었다.

화면 속 중년 여자가 눈을 부릅뜨고 말했다.

"어렸으니까! 그땐 몰랐으니까!"

존은 머리를 한 대 얻어맞은 듯 멍해졌다. 화면 속 여인은 정말이지 로건을 꼭 닮았다. 차갑고도 날카로운 눈빛도, 독기 어린 얇은 입술도, 상대를 날카롭게 찌르는 말투까지도.

뒤늦게 소름이 돋았다. 로건은 친모가 따로 있다는 사실을 들키기 싫었던 걸까. 친모와의 코어메모리가 '러브'의 객실에 있다는 걸 들키기 싫었던 걸까.

갑자기 로건이 존에게 달려들었다. 존이 먼저 바닥으로 쓰러졌고, 두 사람은 서로의 목을 움켜진 채 뒤엉켰다.

"그만하랬잖아! 보지 말랬잖아! 이런 것 따위, 이제 다 필요 없어. 모두 그만해!"

로건의 절규가 메아리처럼 객실을 울렸다.

존의 눈에 핏발이 섰고, 로건의 손가락은 점점 더 단단히 그의 목을 죄어들었다. 존 역시 필사적으로 로건의 목덜미를 움켜쥐었다. 숨이 끊어질 듯한 고통이 두 사람을 덮쳤지만, 누구도 먼저 풀 생각이 없는 것 같았다.

"당해보니까 어때? 믿었던 사람한테 뒤통수 맞은 기분이 어떠냐고! 남의 애인 건드릴 땐 짜릿했지?"

그 와중에도 존은 참아왔던 말들을 끝내 쏟아냈다.

존은 로건과 웬디가 함께 호텔에 있는 의문의 메시지를 받은 그 순간, 자신이 붙잡고 있던 모든 것이 무너져 내렸다. 그래서 코어메모리를 확인하는 걸 망설이고 또 망설였다. 하지만 지금 두 사람은 광기에 가까운 분노에 휩싸여 있었고, 서로를 죽일 듯이 한 치의 물러섬도 없었다. 마치 누구 하나 죽어야 끝나는 게임 같았다.

웬디는 아수라장이 된 광경을 그저 멍하니 바라보기만 했다. 그녀가 드림캐처의 베타테스터가 된 건 단지 존이 핸드폰에 저장된 '고모'의 정체가 궁금했을 뿐이었다. 하지만 지금 벌어지는 일은 애초에 그녀가 상상했던 범위를 완전히 벗어나버렸다. 어쩌면 우리가 종국에 마주하게 될 것은 지독한 파국일지도 모른다는 예감이 문득 스쳤다.

3

로건은 에나의 리포트를 처음 봤던 그 아찔한 순간을 잊을 수 없었다. 야구 배트로 머리통을 한 대 세게 얻어맞은 것 같았다. 물론 실제로 맞아본 적은 없지만, 눈앞이 새하얘질 만큼 머릿속이 멍해졌다.

에나의 리포트에는 무의식 패턴에 대한 모든 가능성과 변수가 우주처럼 광활하게 펼쳐져 있었다. 그건 단지 잘 써진 리포트가 아니라 하나의 작품에 가까웠다. 숨이 막힐 만큼 정교하고 아름다웠다. 대체 어떤 사고를 해야 이런 작품을 쓸 수 있는지 미치도록 궁금했다. 이유도 모르게 이끌렸다. 에나와 어떻게든 가까워지고 싶었다.

그러나 현실은 정반대였다. 에나와 로건은 '아이스버킷 커플'이라는 불명예스러운 전설의 주인공이 되고 만 것이다.

처음부터 로건은 에나에게 커피를 들이부을 생각은 아니었다. 하지만 에나는 항상 어이없는 잘못을 저질러 놓고도 뻔뻔하게 사람 속을 뒤집어놓았다(특별 연구 장학생 선발 시험에서 변경된 시험 범위를 로건에게 공지하지 않은 그일 말이다).

"일부러 그랬으면 왜 안 되지?"

아직도 그 순간이 선명했다. 비꼬는 눈빛, 조롱 섞인 말투. 재수 없는 년…. 욕이 저절로 튀어나왔다. 로건은 들고 있던 아이스 아메리카노를 에나의 흰 티셔츠 위로 시원하게 쏟아버렸고, 에나는 곧장 화장실에서 청소 아주머니가 막 사용한 걸레물이 담긴 양동이를 들고 나타나 로건의 얼굴에 세례식을 거행했다. '아이스버킷 커플'이라는 별명은 그렇게 탄생했다.

로건이 지금까지 에나에게 가장 많이 들었던 말은 '꺼져줄래?'였다. 무엇을 해도 꺼져줄래. 꺼져줄래. 꺼져줄래. 그때마다 속으로 욕을 삼켰다. 짜증 나는 년….

원래라면 진작에 관심을 끊고, 기회만 생기면 제대로 밟아줘야 했다. 그런데 이상하게도 그게 좀처럼 마음먹은 대로 되지 않았다. 에나는 어딜 가든 기어코 로건의 눈앞에 나타나 신경을 긁었다. 커피숍 바리스타로, 배달라이더로, 대리운전 기사로, 와인바 바텐더로. 에나는 실은 언제나 일을 하고 있었던 것이다.

왜 그렇게 쉬지 않고 일을 하는 건지, 그 잘난 공부는 언제 다 하는 건지, 대체 잠을 자기는 하는 건지, 밥은 언제 먹는 건지, 왜 그렇게 치열하게 사는 건지, 밤을 꼬박 새워 썼을 리포트는 왜 그렇게 빛이 나는지…. 궁금증이 꼬리를 물고 이어졌다.

로건은 에나에게 존재하는 무수한 괴리와 모순이 궁금했다. 한 대를 맞으면 열 대를 돌려줘야 직성이 풀리는 애가, 대놓고 시비를 거는 선배 네이선에게는 단 한 번도 제 성질대로 덤비들지 않았다. 왜 그러지? 나한테는 단 한 번을 지질 않으면서, 네이선에게는 왜?

또 이런 적도 있었다. 1등을 위해서라면 남의 간이라도 빼먹을 지독한 이기주의자처럼 굴면서도 약자 앞에서는 전혀 달랐다. 1학년 2학기 겨울이었다. 청소 아주머니가 화장실에서 미끄러져 토사물과 역한 냄새 속에 쓰러졌을 때였다. 악취가 코를 찌르자 모두가 얼굴을 찡그리며 뒷걸음질쳤다. 그런데 서슴없이 뛰어들어 응급처치를 한 유일한 한 사람이 에나였다.

당시 과대표였던 로건은 마땅히 자기가 나서야 했는데, 결국 코를 막은 채 뒤에서 구경만 하고 말았다. 살면서 처음으로 부끄러웠던 순간이었다.

그리고 언젠가, 술에 취해 길에 쓰러져 있던 로건에게 에나가 던졌던 그 말은 위로였을까?

그날은 완벽하고 견고했던 로건의 인생에 처음으로 메울 수 없는 균열이 생긴 날이었다. 여느 때처럼 부모님과 레스토랑에서 즐거운 외식을 하고 함께 집으로 돌아오던 길이었다. 차 안에서도 다양한 화제가 이어지느라 얘기가 멈출 새가 없었다. 또래들 중에는 부모와 말을 섞지 않는 친구들도 적지 않았다. 로건은 지적이면서도 근사한 부모가 늘 자랑스러웠고, 자신은 누구보다 행운아라고 여겼다.

차를 주차한 뒤 로건은 부모님과 엘리베이터를 타고 12층에 내렸다. 그리고 아파트 현관 앞에 서 있는 초라한 행색의 여자를 보았다. 마흔 초반쯤 되어 보이는 전혀 처음 보는 사람이었다.

낯선 사람이었지만, 눈빛이 묘했다. 울먹이는 듯하면서도, 마치 자신을 오래전부터 알고 있는 사람처럼 굴었다. 천박해 보이는 빨간색 립스틱 색깔이 이상하게 눈에 거슬렸다. 부모님은 아차, 하는 표정을 지으며 로건을 등 뒤로 감싸며 안으로 먼저 들어가라 손짓했다.

헌신적이고 품위를 갖춘 부모님이 삿대질을 하며 목소리를 높이는 모습은 그때가 처음이었다. 그리고 얼마 지나지 않아 여자의 정체가 드러났다. 로건의 친모였다.

로건은 그날 큰 잘못을 한 것 마냥 제 눈치를 살피던 양부모님의 눈빛을 잊을 수가 없었다. 그게 더 화가 났다. 왜 내 눈치를 봐? 그러니까 나도 보게 되잖아. 내가 고맙다고 절이라도 해야 돼? 왜 들켰어? 기왕이면 완벽했어야지!

로건은 세상이 한순간에 뒤집히는 기분을 맛봐야 했다. 눈앞에 보이는 도로가 무너지고, 건물이 붕괴되는 것만 같았다. 말 한마디만 잘못해도 양부모마저 잃을 것 같았고, 어디 한구석 잘못 건드리면 모래성처럼 허물어질 것만 같았다. 모든 게 가짜 같았다.

가장 화가 난 건 어이없게도 자신을 버린 친엄마가 자꾸만 보고 싶다는 거였다. 생일이 다가오자 몸살에 걸린 것처럼 온몸이 아팠다. 새빨간 립스틱을 바른 그 여자도 나를 생각할까? 보고 싶을까? 그런 생각을 품자 삶이 온통 불행해지는 것 같았다. 그동안 내 인생은 항상 따뜻하고, 편안했는데. 언제나 밝고, 명랑했는데… 이제 그때로 온전히 돌아가는 건 불가능할 것만 같았다.

"왜 슬프면 안 돼?"

그때, 에나가 그렇게 말했다.

길에 쓰러져 누운 채 로건은 에나를 빤히 올려다봤다. 어디서 누구에게 얻어터졌는지 입안에서 피맛이 돌았다.

“슬퍼도 구리지 않아. 그걸 인정하잖아? 그럼 편해.”

로건은 피식, 웃고 말았다. 에나가 이렇게 다정하게 말을 건네는 걸 보면 이건 분명 꿈이었다.

“슬프지만 아름답다… 뭐 그런 말이야?”

로건이 씁쓸한 말투로 중얼거렸다.

“아니. 벗(but)이 아니라 앤드(and).”

로건은 허공으로 고개를 들었다. 흐드러진 벚꽃이 밤하늘 아래 눈처럼 흩날리고 있었다.

에나가 다시 말했다.

“슬프지만 아름다운 게 아니라… 슬프고, 아름답고, 따뜻한.”

“뭔 개소리야….”

그리고 잠에서 깼다.

눈을 떠보니 랩실이었다. 가방 위에 벚꽃 한 송이가 떨어져 있었다. 입안에서는 여전히 피맛이 돌았다. 분명 꿈이었을 텐데, 이상하게 마음이 조금씩 편해지고 있었다.

로건은 늘 궁금했었다. 이날의 기억이 진짜인지, 아닌지. 그저 꿈에 불과했는지. 그래서 베타테스터가 된 걸지도 몰랐다.

…3초, 2초, 1초.

드림캐처의 타이머가 멈추며 로건의 코어메모리가 종료
되었다.

에나의 코어메모리

1

에나의 드림캐처에 접속한 순간, 로건은 가까이 가면 안
된다는 직감이 먼저 들었다.

그녀의 내부 세계는 한마디로 을씨년스러웠다. 에나가
쓰러진 청소 아주머니에게 응급처치를 하는 동안 뒷걸음
질 치던 그날의 비겁한 감정이 되살아났다. 숨조차 제대로
쉬기 어려울 만큼 음울한 기운이 그를 압도했다.

에나의 드림캐처는 금방이라도 무너져 내릴 것 같은 허
름한 판잣집으로 구현돼 있었다. '블리스'의 객실 문은 낡
고 뒤틀린 판자들이 덧댄 듯 삐걱거렸고, '러브'의 문에는
녹슨 손잡이와 깨진 유리창이 붙어 있었다.

'소로우'의 문은 발길질이라도 당한 듯 한쪽이 부서져 있
었고, '피어'의 문은 불안정하게 흔들리며 덜컹거렸다. '헤
이트'의 문에는 빨간 페인트로 'OUT!'이란 글자가 난잡하
게 칠해져 있었다. 들어가고 싶은 방이 단 하나도 없었다.

로건의 심장이 제멋대로 쿵쾅거렸다. 명백한 신호였다. 얼른 도망치라는 신호, 플라이트 반응.

"이제 그만해! 이런 실험…."

로건이 잔뜩 숨을 몰아쉬며 말했다. 존에게 우악스럽게 조였던 목덜미가 아직도 욱신거렸다.

"나도 이제 질렸어. 이제 그만하자고."

존이 낮고 단호한 목소리로 동조했다. 둘은 여전히 눈에 불을 켠 채 서로를 노려보며, 금방이라도 다시 달려들 것 같았다.

"안 돼!"

에나가 단호하게 잘라 말했다.

로건과 존이 얼빠진 표정으로 그녀를 보았다. 안 된다고? 지금 이 상황에서?

"알다시피 세 명까진 통계적으로 의미 없어. 최소 다섯 명은 확보해야 임상 조건이 충족돼."

에나의 눈빛은 차갑고 명료했다.

"와, 진짜 대단해. 넌 지금 이게 실험으로만 보여? 우리가 이렇게 엿같이 무너지고 있는데도?"

로건이 기가 막히다는 듯 말했다.

"…."

"말해봐. 넌 우리가 실험으로 보이냐고?"

"우리 테스트는 성공적이야."

"저걸 보고도 그런 말이 나와?"

로건이 어이없다는 듯 다시 물었다. 금방이라도 울 것처럼 표정이 일그러져 있었다.

"저건 데이터 값 이상도, 이하도 아냐."

에나는 여전히 연구자다운 어조를 고수했다.

로건은 지그시 이를 악물었다. 눈앞에 투명한 가상 디스플레이가 보였다. 51분 05초. 프로그램 제한 시간이 서서히 감소하고 있었다.

"어차피 다섯 명 실험이 다 끝나기 전까지 우린 여기서 못 나가. 그렇다면 테스트에 참여하는 게 더 이익이야."

로건은 무슨 말을 해야 할지 몰랐다. 어색하고 불편한 공기가 흘렀다. 다른 팀원들도 슬그머니 에나의 눈을 피했다.

에나는 자기라도 베타테스터로서의 임무를 다하겠다는 듯 가까운 객실 문부터 다가가 활짝 열었다. 로건은 온몸이 부들부들 떨리는 것만 같았다. 반사적으로 몸이 움직여 에나를 뒤따라갔다. 묻고 싶었다. 너에게 난 정말 데이타 값에 불과했냐며. 벚꽃이 내리는 그날 한 말은 무엇이냐고.

"김에나, 거기 서!"

로건은 그렇게 소리쳤지만, 객실 안으로 들어선 순간 그대로 굳어버렸다. 눈앞에서 믿기 힘든 장면이 펼쳐지고 있없다. 에나가 사람을 죽이고 있었다. 정확히 말하면, 살인을 저지르는 에나의 코어메모리가 플레이되고 있었다.

먼저 들어온 에나가 겁에 질린 로건을 의미심장하게 바라보았다. 그녀의 입꼬리가 씨익, 올라간 것 같았다.

로건이 들어선 객실은 '헤이트'였다.

2

웬디는 이 거지 같은 공간에서 한시라도 빨리 탈출하고 싶었다. 빌어먹을 드림캐처 때문에 자신이 얼마나 쓰레기인 줄 알게 되었고, 얼마나 사랑에 굶주린 비루한 인간인지도 처참하게 깨닫고 말았다. 시간을 되돌릴 수만 있다면 결코 베타테스터를 하지 않을 것이다.

하지만 이미 일은 벌어졌고, 프롬의 테스트를 완료하기 전까진 이곳을 빠져나갈 수가 없었다. 가장 견디기 힘든 건 자신을 경멸스럽게 노려보는 존의 시선이었다.

뒤통수가 따가워 머리털에 불이라도 붙을 것 같았다. 이 와중에 사랑싸움을 벌이는 에나와 로건도 못 봐줄 지경이었다. 차라리 다음 코어메모리를 플레이하는 게 편할 것 같았다.

그래서 객실로 들어간 건 아니었다. 우리 모두 로건이

혹시라도 에나를 때리기라도 할까 봐, 그게 아니라면 무슨 위험한 짓이라도 벌일까 봐, 그래서 들어갔던 것뿐이다.

그런데 에나가 누군가를 살해하는 코어메모리를 목격할 줄이야! 아니, 자세히 보니 완전히 죽인 건 아닌 건 같았다. 하지만 맞고 있는 사람이 자신이었다면 차라리 죽는 게 나아 보였다. 에나의 얼굴에 남자의 피가 후두둑 튀었다. 손등으로 얼굴에 묻은 핏물을 아무렇지 않게 쓱 닦아 내는 에나의 모습은 기괴했고, 섬뜩했다.

악! 웬디는 자기도 모르게 비명이 터져 나왔다. 얼른 입을 틀어막았다.

화면 속에서는 에나를 조사하는 경찰들이 서로 눈치를 주며 속삭였다. '지승옥 딸이라잖아.'

"지승옥?"

그 이름을 듣는 순간, 웬디의 머릿속이 새하얘졌다. 십여 년 전, 부녀자를 열 명 가까이 살해한 악명 높은 연쇄살인마 지승옥? 말이 돼?

웬디는 저도 모르게 에나의 표정을 흘깃 훔쳐보았다. 차라리 이 모든 게 버그이길 바랐다. 하지만 에나는 조금도 당황하는 기색이 없었다. 그야말로 담담했다. 모든 걸 인정하는 표정이었다.

다른 팀원들도 웬디만큼이나 충격을 받은 얼굴이었다.

누구도 에나의 코어메모리를 스킵할 엄두를 내지 못했다. 그저 플레이되는 대로 받아들이고 있을 뿐이었다.

에나의 코어메모리가 일단락되었을 때야 팀원들은 비로소 전후 사정을 알 수 있었다. 그녀에게는 장애가 있는 엄마가 있었고, 사채꾼들이 에나의 엄마를 강간하려다가 이 사단이 난 거였다. 사정이 절박했는데도 어쩐지 경찰들은 에나에게 지나치게 적대적이었다.

"누가 살인자 자식 새끼 아니랄까 봐!"

아직 고등학생인데, 너무한다 싶었다. 하지만 소름끼치게도 웬디 역시 같은 생각을 했다. 저런 폭력성은 타고난 기질일까?

솔직히 로건이 에나와 손절해서 다행이다 싶었다. 그리고 이 악몽 같은 상황에서 또 한 가지 다행인 게 있다면, 너무 큰일이 터진 나머지 더 이상 존의 시선이 신경 쓰이지 않았다는 것이다.

다음 화면에서 지승옥이 에나에게 칼을 휘둘렀다. 그걸 에나의 엄마가 막아냈다. 마치 활극과 같은 장면이 플레이되었을 때였다. 에나가 느닷없이 로건을 돌아보며 말했다.

"할 말 있어?"

정신 나간 표정으로 코어메모리를 재생한 로건은 영문

을 모르겠다는 듯 눈을 크게 떴다.

"아까 불렀잖아?"

로건은 그제야 자신이 객실에 들어오면서 에나를 불렀던 걸 기억해냈다. 하지만 지금은 꿀 먹은 벙어리가 됐다. 어색한 침묵이 흘렀다. 모두들 이 상황을 소화할 시간이 필요했다. 특히 로건에겐 더더욱 긴 시간이.

"계속 이 방에 있을 거야?"

에나가 조용히 물었다.

"아니, 이제 다른 방도 보려고⋯."

로건이 저도 모르게 자세를 곧추세웠다. 죄지은 사람처럼 목소리도 기어들어 갔다.

웬디는 그런 로건이 한심해 죽을 것 같았다. 너무 겁먹은 티 나잖아, 로건!

로건은 허둥지둥 '헤이트'의 객실에서 빠져나갔다. 모두들 약속이라도 한 것처럼 로건을 따라 우르르 나왔다. 다들 태연한 척하려 했지만, 표정 관리부터 쉽지 않았다.

에나와 떨어지자마자 멤버들이 동시에 오래 참았던 숨을 토해내듯 내쉬었다. 휴, 살았다. 그러나 곧바로 에나가 로비로 걸어 나왔다. 로건은 어쩔 줄 몰라하다 눈에 보이는 아무 방이나 들어가버렸다. 왜 그랬는지 모르겠지만 모두가 로건을 뒤를 좇아 그대로 도망치듯 따라 들어갔다.

깨진 유리창이 붙어 있던 '러브'의 객실이었다.

3

웬디는 에나가 웃을 줄도 아는 사람이란 걸, '러브'의 객실에 들어와서야 처음으로 알게 되었다.

에나는 병든 엄마에게 약을 먹이며 희미하게나마 미소를 짓고 있었다.

여러 번 침을 흘려도, 약을 삼키지 못해 애를 태워도 에나는 미소를 잃지 않았다. 약을 다 먹이고 나서 엄마를 꼭 끌어안는 순간에도 그녀의 입가엔 분명한 행복이 스며 있었다.

웬디는 에나가 왜 그토록 드림캐처에 집착했는지 그제야 깨달았다. 에나는 늘 PTSD, 우울증, 기억상실, 뇌손실, 치매 같은 질환으로 고통받는 사람들에게 드림캐처가 희망이 될 수 있다고 강조해왔다. 결국 에나는 지적장애가 있는 엄마를 치료하고 싶었던 게 아닐까?

에나의 코어메모리를 들여다보는 건 곤혹스러운 일이었다. 토사물이 군데군데 말라붙은 방바닥, 산더미처럼 쌓인 빨래, 그 사이에 시체처럼 미동도 없이 누워 있는 엄마. 기저귀 아래로 보이는 앙상한 다리. 잠꼬대처럼 새어나오는 헛소리.

“죽기 싫어…. 죽기 싫어….”

보고 있는 것만으로도 끔찍하고, 머리가 아팠다.

게다가 에나는 아픈 엄마가 자고 있을 때 남친을 집에
들인 적도 있었다. 교복을 입은 걸로 보아 딱 봐도 고등학
생 때였다. 형광등을 켜려는 남친의 손목을 에나가 움켜쥐
어 막았다.

“그냥…. 덜 보이고 싶어서….”

두 사람은 반쯤 잠긴 어둠 속에서 키스를 나눴다. 에나
의 남친은 에나를 ‘예슬’이라 불렀다. 그녀는 더 많은 이름
이 있었는지도 몰랐다.

에나와 키스를 나누던 남친이 뭔가를 목격하고 기겁을
했다. 몽유병처럼 벌떡 일어나 흐느적거리는 에나의 엄마
였다. 에나의 엄마는 윗옷을 다 벗은 채 축 처진 가슴을 드
러내놓고 있었다.

“괜찮아. 저러다 잘 거야.”

에나가 덤덤하게 말했다.

에나의 남친은 나가야 하나, 말아야 하나 우물쭈물했다.
그러더니 ‘에라 모르겠다’는 듯 다시 에나의 입술에 자신의
입술을 포갰다. 에나의 옷을 벗기고 가슴에 애무를 했다.

에나 엄마의 코 고는 소리 위로 두 청춘의 얕은 신음 소

리가 겹쳐졌다.

웬디는 충격적인 장면들 앞에서 심란했다. 고개를 슬쩍 돌려 얼빠져 보이는 로건을 흘겨봤다. 로건은 지금 무슨 생각을 할까?

그때 화면에 마침내 로건이 등장했다. 에나가 일하는 와인바로 로건이 찾아온 것이다.

로건은 에나를 똑바로 쳐다보며 말했다.

"이번 주 토요일이 내 생일인데, 만날래, 우리? 랩실에서 기다릴게. 너 올 때까지."

"꺼져줄래?"

여기까지는 모두가 알고 있는 장면이었다.

과연 에나는 약속 장소에 나갔을까?

모두가 집중한 채, 코어메모리를 플레이했다.

로건이 일방적으로 약속을 던지고 간 날, 에나는 평소처럼 와인바에서 서빙을 하느라 바빴다. 표정은 고요했고, 감정이라곤 한 점도 묻어나지 않았다. 그래서 다들 아무 일도 일어나지 않을 거라 여겼다.

그러나 약속시간이 가까워지자, 에나는 와인을 따르며 시간을 확인하는 횟수가 늘어났다. 이내, 손에 들었던 잔을 내려놓고 손님에게 양해를 구한 뒤 와인바를 나와 뛰기 시작했다.

그 순간 웬디는 속으로 소리쳤다.

'안 돼. 가지 마!'

하지만 에나는 달리고 또 달렸다. 숨을 몰아쉬며 랩실 앞에 도착한 에나는 문틈으로 안을 들여다봤다. 초조하게 서성거리고 있는 로건이 보였다. 에나의 눈빛에 잠시 또렷한 빛이 스쳤다. 그러나 문손잡이를 잡았던 손은 끝내 움직이지 않았다. 무언가를 깨달은 듯, 표정이 빠르게 식어갔다. 에나는 고개를 숙인 채 잠시 머물렀다가 결국 발길을 돌렸다.

조마조마한 마음으로 지켜보던 웬디는 맥이 풀렸다. 차라리 잘됐다고 생각했다. 너는, 우리와 어울리지 않아.

에나가 잘못한 건 없다. 그런데 싫다. 이게 차별이라면 차별이겠지. 이제 에나 얼굴을 어떻게 보지? 웬디는 오직 그 생각뿐이었다.

맹세코 로건도 같은 생각일 것이다. 빨리 이 빌어먹을 테스트가 끝났으면 좋겠다는 생각뿐이었다.

4

드림캐처 베타테스터를 제안했을 때, 에나가 가장 마음

에 걸렸던 건 바로 이거였다.

에나의 정체를 알게 되면, 대부분의 사람들은 두려움에 떨거나 흉측한 좀비를 본 것처럼 혐오의 감정을 드러냈다. 방금 전 뒷걸음질 치던 로건도 마찬가지였다.

겨우 이런 걸 가지고 놀라서 쓰나.

에나는 헛웃음이 났다.

에나는 연쇄살인범의 딸이었다. 에나가 아빠를 떠올릴 때 가장 먼저 기억나는 건 구역질 나는 술 냄새와 까만 눈동자였다. 어떤 감정도 느낄 수 없는 텅 빈 눈동자, 무엇을 보는지 알 수 없고, 무엇을 하려는지 모르겠는 짐승의 눈빛.

그는 방바닥에 아무렇게나 침을 찍 뱉고 다녔다. 어린 애나는 하루 종일 아빠가 아무렇게나 뱉어놓은 침을 닦고 다녀야 했다. 그러다 아무 예고도 없이 갑자기 에나를 불러 세워 방금 닦아놓은 바닥을 다시 손가락으로 문질러보게 했다. 먼지라도 묻어나오면 이유도 없이 뺨을 때렸다. 전깃줄로 양손을 등 뒤로 묶어 때린 적도 있었다.

지승옥은 총 열 명의 여자를 살해했다. 그리고 마지막 피해자가 될 뻔한 두 사람 중 하나가 바로 에나였다.

에나의 엄마는 남편의 칼로부터 에나를 보호하려다 대신 가슴을 찔렸고, 그 충격으로 뇌를 다쳤다.

엄마가 아니었더라면 에나는 이미 이 세상 사람이 아니

었을 것이다. 반대로 에나가 아니었더라면 엄마는 그런 운명을 겪지 않았을지도 몰랐다.

그 인간과 엮이지도 않았을 거고, 훨씬 일찍, 훨씬 멀리 도망쳤을 것이다. 그러니까 엄마가 그렇게 된 건, 결국 에나 때문이었다.

에나가 살아가는 이유는 단 하나였다. 엄마를 지키는 것!

이번엔, 자신이 엄마를 구해야 했다.

아빠는 지금 교도소에 있지만, 그가 언제 또 탈출하거나, 또 다른 누군가를 시켜 엄마를 해칠까 봐 여전히 두려웠다.

이번엔, 나 먼저 죽여.

나는 죽어도 돼. 엄마는 안 돼.

매일 같이 자신의 초라한 존재에 대해 빌었다.

한 번만 봐주세요. 잘못했어요. 태어나서 죄송합니다.

엄마를 치료하기 위해 뭐든 해야 했다. 닥치는 대로, 가릴 것 없이.

에나는 그렇게 '지금 이 순간'이라는 감옥에 스스로를 가둔 채 살아왔다. 벗어날 수 없고, 벗어나서도 안 된다고 믿었다. 또래들과는 전혀 다른 삶을 살고 있다는 사실을 어린 시절부터 뼈저리게 느끼며 버텨왔다.

그래서 에나는 자신을 남들과 섞일 수 없는 사람이라 믿었다. 로건을 만나기 전까지는.

"난 네가 어떤 사람이든 좋아. 그러니까 겁 내지 마."

고등학교 때, 만났던 시원이 그랬다.

하지만 시원은 에나와 섹스를 나눈 다음 날 엄마의 늘어진 가슴에 대해 떠벌리고 다녔다. 시원은 저소득 가정 자녀를 대상으로 정부가 지원하는 학원에서 만난 아이였다. 서로 내세울 것 없는 처지였기에, 에나도 시원 앞에서는 경계를 풀었다. 그리고 대가가 이것이었다. 에나는 시원의 얼굴이 알아볼 수 없을 만큼 망가질 때까지 주먹을 휘둘렀다.

그런데도 화가 가라앉지 않았다.

"다시 한번 우리 엄말 욕 보였다가 그땐 네 입이 찢어버린다."

에나는 정신을 잃은 채 엎어진 시원의 머리에 침까지 뱉고 소리쳤다.

세상에는 굳이 배우지 않아도 되는 것들이 있었다. 에나에게 그것은 폭력이었다.

이왕 패기로 결심했다면 반드시 끝장을 봐야 했다. 에나는 어떻게 해야 상대를 완전히 꺾을 수 있는지, 어디를 쳐야 오금이 저리고 다시는 까불지 못하는지, 본능처럼 알고 있었다.

손에 묻은 시원의 피가 아무리 씻어도 지워지지 않았다. 온몸에서 비린 피 냄새가 가시지 않았다. 에나는 피비린내 나는 자신이 역겨웠다. 하지만 그 역한 냄새를 지우기 위해 할 수 있는 건 없었다.

에나에게 삶이란 막다른 골목에서 맹수를 만난 상황과도 같았다.

맹수를 만났을 때 할 수 있는 건 세 가지밖에 없다는 걸 어릴 적부터 알았다.

싸운다. 도망친다. 죽은 척한다.

에나가 선택한 선택지는 '죽은 척'이었다. 죽은 척하면 아무것도 느낄 수 없게 된다. 모든 것이 흐릿해지고, 잡념이 사라진다. 그냥저냥 버틸 수 있다. 어차피 아빠에게 살해되어 존재하지 않았을 사람. 그러니 참는 건 자신 있었다.

"네가 너무 참아서 걱정돼. 너도 언젠가 터질까 봐."

언젠가 로건이 그렇게 말한 적이 있었다. 에나는 그날 낯선 건물 옥상에 올라가 한참이나 소리쳤다.

네가 뭔데! 누가 걱정해 달랬어? 왜 자꾸 걱정하는데? 내가 부탁했잖아. 그냥 없는 사람 취급해달라고. 네가 뭘 아는데? 왜 자꾸 정중하게 대해? 그냥 죽은 듯이 살고 싶은데, 왜 자꾸 살고 싶게 만들어. 부서지게 만들어.

어떤 면에서는 네이선이 차라리 편했다.

네이선은 학과 조교라는 알량한 권력을 쥐고, 에나만 골라 괴롭혔다. 실험실 정리가 마음에 들지 않는다는 이유로 정강이를 걷어찼고, 학과 행사나 연구실 서류 작업 같은 허드렛일은 모조리 떠넘겼다.

그런 것쯤은 얼마든지 참을 수 있었다. 적어도 이곳에서는 문제를 일으키고 싶지 않았다.

'나는 수단에 불과해. 엄마를 지키는. 그러니까 참는 거야.'

하지만 로건이 네이선에게 항의하다 얻어맞았다는 걸 알았을 때, 견고했던 에나의 인내심도 부욱 찢어졌다.

에나는 곧장 네이선을 찾아갔다. 그리고 아무 말 없이 의자 다리를 뽑아 그의 무릎에 내리꽂았다.

"다시 한번 그 애를 욕보였다간, 그땐 네 입을 찢어버린다."

그날 이후, 네이선은 에나의 시야에서 완전히 사라졌다. 로건 앞에도 다시는 나타나지 않았다.

그날의 기억이 코어메모리로 플레이되지 않아 다행이었다. 그 장면만큼은 로건에게 보여주고 싶지 않았다.

그리고 벚꽃이 흐드러지게 흩날리던 그날, 술에 취한 로건이 바닥에 누워 말했다.

"미치겠는 건, 빨간 립스틱 그 여자가 자꾸 생각나. 보고 싶어. 그게 너무 슬퍼."

로건의 눈에서 눈물이 한 방울 뚝 떨어졌다.

에나는 못 본 척하고 싶었다. 차마 그럴 수 없었다.

"왜 슬프면 안 돼?"

에나가 말했다.

로건이 멍청한 표정을 하고 에나의 얼굴을 올려다봤다. 에나도 그의 시선을 피하지 않았다. 로건의 얼굴에 붙은 피딱지 하나가 눈에 밟혔다.

"슬퍼도 구리지 않아. 그걸 인정하잖아? 그럼 편해."

"슬프지만 아릅답다…. 뭐 그런 말이야?"

로건이 쓸쓸하게 말했다.

"아니. 벗(but)이 아니라 앤드(and)."

그때 흐드러진 벚꽃이 밤하늘 아래 눈처럼 흩날리고 있었다.

에나가 다시 말했다.

"슬프지만 아름다운 게 아니라… 슬프고 더하기 아름답고 더하기 따뜻한. 이게 다 같이 있어도 된다고."

"뭔 개소리야…."

"슬픔은 그냥 소금 한 스푼 같은 거야. 늘 곁에 있는 거. 단맛도 짠맛도 더 깊게 만드는 거. 없으면 안 되는 거. 그냥 그렇다고."

이날의 기억도 재생되지 않아 다행이었다.

좋겠다, 로건. 넌 아무렇지 않게 속을 뒤집어 까보일 수 있어서. 그래도 되는 사람이라서.

내게 처음으로 이름을 물어본 아이. 거슬리고 짜증나고 까끌한 손 가시 같은 아이.

늘 피우는 담배를 제멋대로 치워버리고, 대신 초콜릿을 두고 간 아이.

매일 듣는 헤비메탈 음악을 굳이 달콤한 음악으로 바꿔 놓고 갔던 아이.

사물함에 꽃 한 송이를 두고 간 아이. 드레스 코드를 맞추지 못한 파티에서 유일하게 손을 잡아준 아이.

내게도 따뜻함을 느낄 수 있는 혀가 있고, 코가 있고, 귀가 있고, 눈이 있고, 손이 있다는 걸 알려준 아이. 내가 죽지 않았다고, 기어이 숨을 쉬고 있다는 걸 알려준 아이.

로건… 너에게 내 이야기를 들려주면 너도 도망갈 거니?

너도 내가 무섭니?

그렇지? 로건….

3초, 2초, 1초.

드림캐처의 타이머가 종료되며 에나의 코어메모리가 종료되었다.

프롬의 코어메모리

1

존은 머리가 다 어지러울 지경이었다. 정신이 하나도 없었다. 길지도 않은 테스트 시간 동안 너무나 많은 것들이 소용돌이처럼 휘몰아쳤다.

웬디의 불륜, 로건의 입양, 에나는 심지어 살인마의 딸….

이번 베타테스트는 결과만 놓고 보면 가히 성공적이었다. 하지만 그 대가로 정작 중요한 관계를 잃었다. 존은 앞으로 팀원들과 다시 무언가를 함께할 일은 없을 거라 확신했다.

빌어먹을 테스트는 이제 프롬, 딱 한 사람만 남았다.

존의 마음속에는 '그래, 어디까지 갈 수 있는지 두고 보자'란 악에 받친 마음과 '이제 드디어 끝났다'라는 안도의 마음이 공존하고 있었다. 이젠 뭐가 나와도 놀라지 않을 것 같았다.

그런데 프롬의 드림캐처는 시작부터 조금 이상했다. 일단 너무 어두웠다. 어디선가 퀘퀘한 곰팡이 냄새가 났고, 아무것도 보이지 않았다. 꼭 빛이 전혀 들지 않는 지하실 같았다.

희미하게 보이는 다섯 개의 객실 문마다 빨간색 페인트가 칠해져 있었다.

가까이서 보니 기름지고 끈적한 것이, 보기만 해도 서늘했다. 그건 페인트가 아니라… 피였다.

순간적으로 존은 뒷걸음질 치다 누군가와 부딪혔다. 하필 웬디였다.

"뭐야?"

웬디가 와락 짜증을 냈다.

어둠 속에서 팀원들의 얼굴이 하나둘 간신히 보이기 시작했다. 서로에 대한 불신으로 가득 찬 차가운 표정들이었다.

존은 정체 모를 불안감이 밀려왔지만 아무 말도 할 수 없었다. 우리는 이제 친구도, 연인도 아니니까.

한동안 불길한 정적이 이어졌다.

말 한마디 꺼내기 어색한 분위기였지만, 어색함을 견디는 것도 좀이 쑤실 것 같았다.

"이제 시작하면 되나?"

존은 최대한 괜찮아 보이는 말투로 프롬에게 말했다.

프롬이 대답 대신 간단히 고개만 끄덕였다.

저들과 함께 있는 것보다는 뭐라도 하는 게 나을 것 같았다. 그래서 가장 만만한 객실 문을 찾았다.

2

'블리스'의 객실도 어쩐지 온통 암흑이었다. 지금까지 다른 팀원들의 코어메모리를 비추어보면 소소한 일상의 순간들이라도 플레이됐을 텐데, 아무것도 없이 텅 비어 있었다.

설마 버그인가?

존은 갑자기 어릴 적 놀이공원에서 조마조마하게 들어갔던 귀신의 집이 떠올랐다. 여기가 딱 그랬다. 어둠 속에서 무언가 불쑥 튀어나와도 전혀 이상하지 않을 것 같았다. 그는 본능적으로 감각을 곤두세우고 주변을 살폈다.

온몸의 털이 곤두서는 순간 화면이 번쩍거렸다. 느닷없이 프롬이 손도끼를 내리치는 코어메모리가 재생된 것이다. 으악! 비명이 저절로 튀어나왔다.

프롬이 내려친 것은 발목이었다. 발가락이 다섯 개인, 사람의 발목!

살점이 반쯤 떨어져 나간 발이 데구르르, 바닥을 구르자, 화면이 다시 한번 번쩍였다.

이번에는 팔이었다. 공중에서 한 바퀴 회전한 팔뚝이 벽에 부딪혀 퍽, 소리를 냈다.

방 안 가득, 붉고 끈적한 액체가 사방으로 튀었다. 꼭 비명을 지르는 것처럼 끔찍한 형태로 흩어졌다. 화면 너머인데도 피비린내가 진동할 것만 같았다.

손도끼를 든 프롬이 숨을 고르며 천천히 돌아섰다. 땀과 피로 범벅이 된 얼굴로 그녀는 씨익, 웃고 있었다.

존은 참을 수 없었다. 목이 찢어지도록 소리쳤다. 으아악!

곧이어 팀원들이 '블리스'의 객실로 우르르 들이닥쳤다.

"무슨 일이야?"

로건이 놀란 얼굴로 물었다. 실성한 표정으로 주저앉은 존을 발견하곤 얼른 코어메모리를 확인했다.

빨간 플라스틱 대야 안에 둥둥 떠 있는 손가락 몇 개. 훼손된 시신의 내장을 척척 믹서에 눌러 넣는 손.

믹서가 윙, 소리를 내며 돌기 시작하자 리듬에 맞춰 고개를 까딱거리는 프롬.

프롬은 갈린 내장을 컵에 따라 아무렇지 않게 한 모금 마셨다. 그게 마치 시원한 음료라도 되는 듯이.

모두가 말을 잃었다. 존은 연신 헛구역질을 했고, 로건은 본능적으로 뒷걸음질 쳤다.

손으로 입을 틀어막은 웬디의 울음소리가 터져 나왔다.

에나도 미간을 찌푸릴 정도였다.

존은 눈가에 찔끔 맺힌 눈물을 닦아내고 고개를 들었다. 뭔가 서늘한 기분에 사로잡혔다. 그의 시선이 천천히 돌아갔다. 그리고 프롬….

진짜 프롬이, 아무 말 없이 문가에 기대 서 있었다. 얼굴은 어두웠고, 표정엔 아무런 감정이 담기지 않았다. 무슨 생각을 하는지 전혀 읽히지 않았다.

프롬과 눈과 마주친 순간, 등골이 얼어붙는 것만 같았다. 비명도, 말도 나오지 않았다. 프롬의 눈이, 화면 속 도끼를 든 여자의 눈과 완벽히 겹쳐 보였다.

존은 반사적으로 소리를 지르며 몸을 돌렸다. 의자에 부딪혀 넘어지고, 바닥을 기어가며 내달렸다.

"비켜! 비키라고!"

고함을 지르며 팀원들을 밀치고 달아났다.

다른 팀원들도 덩달아 혼비백산한 표정으로 달리기 시작했다. 오직 프롬만이 그 자리에서 움직이지 않았다.

존은 미친 듯이 달렸다. 사냥개 수십 마리가 쫓아오는 기분이었다. 눈앞에 보이는 아무 객실 문이나 열었다. 그러자 또 다른 블리스의 객실이 나왔다. 또 하나의 블리스. 더 깊은 블리스, 그리고 그 안의 또 다른 블리스.

끝도 없는 블리스의 객실에서 온갖 잔인하고 끔찍한 코어메모리들이 펼쳐졌지만 존은 두 눈을 감고, 아무것도 보지 않았다.

이윽고 발길이 멈춘 곳에서 이상한 코어메모리가 재생

되고 있었다.

바로 오늘 베타테스트를 하기 직전에 프롬이 테스터들의 수면 프로그램을 제멋대로 조정하는 장면이었다. 존이 자기도 모르게 중얼거렸다. 좆됐다…! 그건 오늘 본 모든 장면들 중에서 가장 소름 끼치는 장면이었다.

프롬은 팀원들 몰래 자신이 우리들보다 십 분 일찍 깨어날 수 있도록 조정하고 있었던 것이다. 비상시를 대비한 안전 프로토콜도 완전히 삭제했다.

뭐지? 도대체 뭘 하려는 거지?

존은 온몸이 싸늘하게 식어가는 끔찍한 기분이었다. 이가 떨리더니 딱딱 부딪히기 시작했고 숨조차 삼키기 버거웠다. 그는 떨리는 손을 디바이스의 일시정지 버튼 쪽으로 뻗었다. 지금 저걸 멈추지 않으면, 정말로 죽을 것만 같았다.

그 순간, 팀원들이 문을 밀치고 들어왔다.

파란 형광등이 깜빡거리는 어둑한 공간.

벽지 곳곳에는 물감처럼 번진 핏자국이 사람의 얼굴을 흉내 내며 말라붙어 있었다. 그 한가운데, 네 명이 마주 서 있었다.

존, 로건, 웬디, 에나.

"뭐야? 아까 그거. 버그지? 버그 맞지?"

웬디가 겁먹은 목소리로 다그쳤다.

그러나 아무도 대답하지 않았다. 상상을 초월할 정도로 디테일한 코어메모리를 미루어볼 때 버그가 아니라는 걸 모두 본능적으로 알았다.

존은 프롬이 사체의 젖꼭지를 생선회를 뜨듯 도려내는 장면이 뇌리에 박혀버렸다. 아무리 고개를 휘저어도 저절로 떠올랐다.

"저건 사람이 아니야!"

생각만으로도 다시 구역질이 날 것만 같았다.

"괴물이야. 우리가 괴물을 깨웠어."

존이 몸서리치며 말했다.

"저건… 한두 번 해본 게 아닐 거야."

에나가 의미심장하게 말했다. 에나는 살인을 저지를 때의 프롬의 표정이 밟혔다. 지나치게 순수해 보였다. 사체를 훼손할 때, 오버킬과 과다공격의 흔적으로 보아 과시욕이 있었지만, 뒤처리는 믿을 수 없을 정도로 깔끔했다.

프롬은 무슨 이유로 살인을 저질렀던 걸까? 알 수 없었다. 확실한 건 프롬이 누군가를 살해할 때, 한순간의 망설임도 없다는 사실이었다.

에나가 누군가에게 두려움의 감정을 느낀 건 아버지 다음으로 처음이었다.

생존의 위기를 정확하게 인지한 로건은 다음에 올 수 있는 상황을 빠르게 예측했다. 아무리 생각해봐도 다음 타깃이 '우리'라는 사실은 자명했다.

"이게 다 에나 너 때문이야!"

웬디가 에나를 노려보며 원망하듯 소리쳤다. 웬디도 프롬이 이상하지 않았던 건 아니었다. 그녀도 프롬에게서 늘 말로 설명하기 힘든 거리감을 느껴왔다. 이유 없이 불편했고, 어딘가 숨기는 게 있어 보였다. 비밀이 있다는 건 예상했지만, 그게 이런 끔찍한 살인, 아니 살인들일 거라고 누가 상상이나 했겠는가.

"왜 이딴 거지 같은 걸 만들어서 이 지랄을 만들어!"

웬디는 끔찍한 감정에서 헤어나오지 못했다. 당장이라도 발가락이 잘릴 것만 같아 온몸에 소름이 돋았다.

"이딴 거 안 하면 연구자의 자격이 없다고 한 사람이 누군데? 너도 하자고 했잖아!"

존이 맞받아쳤다.

"너 지금 내 탓 하는 거야? 프롬이 개싸이코인 게 내 탓이야?"

"그래! 네 탓이다!"

고막을 찢는 고성이 사방으로 튀었다.

"너만 아니었으면 이딴 거지 같은 거 안 했어! 처음부터. 우리가 이렇게 될 일도 없었다고."

존이 울부짖듯 소리쳤다. 쿨한 척하고 싶었지만, 이미 늦었다. 그는 완전히 무너져 있었다. 지금까지 참아온 모든 감정, 불신, 미움, 질투, 증오가 그 좁은 방 안에서 한꺼번에 터져 나왔다.

갑자기 웬디가 주저앉아 울었다.

"이게 뭐야. 이게 뭐냐고…."

"질질 짜면 다야?"

존이 소리쳤다.

"닥쳐, 좀! 지금 사랑 싸움할 때야?"

로건도 신경질적으로 소리쳤다.

"씨발! 네가 나한테 그런 말할 자격 있어?"

존이 이를 악물고 주먹을 휘둘렀다. 로건의 턱이 휘청했다.

"그럼 이제 어떻게 할 건데? 뭐라도 해야 될 거 아냐!"

로건이 피가 맺힌 입술로 다시 윽박질렀다.

"뭘? 우리가 지금 뭘 할 수 있는데?"

존은 허탈한 듯 헛웃음을 터뜨리며 외쳤다.

그때 에나가 차분한 목소리로 입을 열었다. 이 상황에서 믿을 수 없을 만큼 침착한 목소리였다.

"일단… 계획부터 알아야지."

짧고 낮은 한마디. 그런데도 모두가 저절로 에나 쪽으로 몸을 돌렸다.

"프롬이 정말 아무 목적도 없이, 그냥 테스터를 지원했을까? 자신의 정체가 드러날 걸 알면서도 테스터를 한 이유가 있을 거야."

에나의 목소리는 흔들림 없고 또렷했다.

"우릴 농락하려는 거겠지. 발가락도 자르고, 갈아 마시려고."

웬디가 자포자기한 심정으로 말했다.

존은 고개를 슬며시 돌리며 중얼거렸다.

"내가… 뭘 본 것 같아. 어쩌면 프롬이… 일부러 우릴 여기에 끌어들인 걸지도 몰라."

그가 손을 떨며 멈춰 있던 코어메모리를 재생했다. 정지되어 있던 프롬의 장면이 다시 떠올랐다.

팀원들의 얼굴이 경악으로 물들기 시작하더니, 곧 정적이 이어졌다.

"이걸 왜 이제야 말해?"

웬디가 날카롭게 쏘아붙였다.

"미친 사이코패스가 작정했는데, 나더러 뭘 어쩌라고?"

존이 머리를 쥐어뜯으며 외쳤다.

"맞잖아! 우릴 죽이려는 수작이잖아! 프롬은 처음부터 그럴 생각이었다고!"

웬디가 울분을 터뜨리며 말했다.

존의 생각도 웬디와 다르지 않았다. 그런데 도대체 우리가 뭘 잘못했지? 도대체 왜?

"아닐 수도 있잖아. 저것만 보고 판단하기엔…."

로건이 말끝을 흐렸다.

"넌 믹서기에 내장 가는 거 보고도 그런 소리가 나와?"

아직도 프롬의 끔찍한 코어메모리들이 존의 머릿속을 빙빙 맴돌았다.

프롬의 의도는 분명했다. 일찍 깨어난 프롬은 우릴 죽이고 사고로 조장할 것이다. 아니 트렁크 같은 곳에 집어넣고 잔인하게 죽일 생각일지도 몰랐다. 존은 당장이라도 프롬에게 온몸이 갈기갈기 찢길 것만 같았다.

"죽이는 게 목적이었다면 벌써 죽였겠지."

에나가 여전히 차분하게 말했다.

"왜 같은 사이코패스라서 통하는 게 있나 보지?"

웬디가 독기 서린 투로 쏘아붙였다.

"그래서 더 잘 알 거란 생각은 안 들어?"

에나의 낮은 목소리가 섬뜩하게 들렸다.

웬디는 그 한마디에 얼어붙고 말았다.

"그래, 이제 알았다. 너희 둘이 짜고 친 판이었네! 다 한통속이지? 누가 지승옥 딸 아니랄까 봐!"

웬디가 흥분을 주체하지 못하고 제멋대로 소리쳤다. 그건 존도 내뱉고 싶은 말이었다.

"네 입도 찢어줄까?"

에나가 서늘한 목소리로 응수했다.

그 순간 웬디는 숨이 턱 막혔다. 등줄기를 타고 식은 한기가 온몸으로 번졌다.

"나는 어쩌다 우리가 이렇게 됐는지 도저히 모르겠어…."

웬디가 한탄하듯 말했다.

존도 웬디와 마찬가지로 프롬은 그냥 미친년이라 판단했다. 프롬의 의도가 뭐든, 사람을 죽였다는 실체적 사실은 변함이 없기 때문이었다.

"너희들도 너희들이 보고 싶은 것만 본다는 생각은 안 들어?"

에나가 뜬금없는 말을 꺼냈다.

"저걸 어떻게 다르게 본다는 거야? 왜, 사람을 죽이는 데 피치 못할 사정이라도 있을 것 같아?"

웬디가 말도 안 된다는 듯 시비를 걸었다.

"그럴지도 모르지."

에나는 쓴웃음을 지었다. 잠시 고개를 숙이곤 생각에 잠겼다가 무겁게 입을 열었다.

"어찌되었든 이건 프롬이 낸 지독한 퀴즈야. 우린 이걸 풀어야 돼. 풀지 못하면, 너희들이 말한 것처럼 모두 죽을지도 모르지."

존은 그 순간 에나의 입꼬리가 슬며시 올라가는 걸 똑똑히 보았다. 그건 마치 에나와 프롬 사이에 뭔가가 있다는 확증 같았다.

그나저나 존의 머리는 더욱 복잡해졌다. 에나의 말처럼 프롬이 왜 이런 짓을 했느냐가 중요한 게 아니다. 우린 미친 사이코패스의 뇌에 갇혔고, 프롬이 낸 문제를 풀지 못하면 죽는다.

하지만 정신병자가 낸 퀴즈를 어떻게 푼단 말인가. 존은 미치고 환장할 지경이었다.

"방법이 있을 것도 같아…."

에나가 침묵을 깨고 다시 말했다.

모두가 에나의 입을 바라봤다.

"우리가 프롬의 트라우마를 교정하는 거야."

존은 어이가 없어 바람 빠진 풍선처럼 피식거렸다. 에나가 언급한 건 관리자 모드를 말하는 거였다. 이건 계획에 없던 일이었다. 관리자 모드는 아직 완성도 안 됐고, 시뮬레이션도 안 돌려봤다. 괜히 잘못 건드리면 뇌가 펑, 하고 터질 수도 있었다.

하지만… 이렇게 죽나, 저렇게 죽나, 결말은 같았다.

"물론 당장 드라마틱한 변화가 일어나지는 않겠지. 하지만 프롬이 우리보다 먼저 깨어난, 그 잠깐은 막을 수 있을지 몰라."

에나는 반드시 막을 수 있다는 듯 단호하게 말했다.

존은 확신에 찬 에나가 더 두려웠다. 그녀는 그 어느 때보다 상기된 표정이었다. 눈빛도 보기 드물게 형형했고, 의욕도 넘쳐 보였다. 도대체 이 상황을 받아들여야 할까. 굳이 비유하자면 이랬다. 프롬이 덫을 놓고 기다리는 포식자라면, 에나는 덫에 걸린 채 상대의 목덜미를 물어뜯는 짐승 같았다. 다시 말해 에나는 덫에 걸린 상황조차 전혀 두려워하지 않는 사람 같았다.

에나는 프롬의 트라우마와 관련된 핵심 코어메모리를 찾아 그걸 교정하자고 했다. 문제는 프롬의 트라우마를 찾으려면 그 끔찍한 코어메모리들을 다시 체험해야 한다는 거였다.

프롬의 드림캐처는 현존하는 호러 영화 중에서도 파이널급이지만, 만약 이대로 드림캐처에서 깨어난다면 진짜 내장이 갈릴지도 모를 일이었다.

그렇다고 방금 전까지 주먹질까지 하며 서로를 난도질했던 웬디와 로건, 에나와 손을 잡는 건 죽기보다 싫었다.

서로 상처만 남긴 세 사람과 고어판 생존 호러를 찍을 것인가, 아니면 깨어나서 프롬에게 장기가 털릴 것인가. 인생 최대의 선택지 앞에 놓였다는 사실을 뼈저리게 실감했다.

그래도 그냥 당하고 싶진 않았다. 어차피 죽을 거라면, 뭐라도 하다 죽는 편이 나을 것 같았다.

씨발, 죽기밖에 더 하겠어?

에나가 말했다.

존도 가만히 에나의 말을 읊조렸다.

씨발, 죽기밖에 더 하겠어?

존은 도망치고 싶은 자신의 본심을 절대 들키고 싶지 않았다.

3

프롬의 코어메모리에서 다들 비슷한 걸 봤다면, 에나가 주목한 건 달랐다.

이를테면 존과 웬디, 로건 세 사람은 시체처럼 널브러진 할아버지에게 욕을 하고 소리치는 신경질적인 프롬을 봤다. 그러나 에나는 아무리 불러도 끝내 대답하지 않는 프롬의 할아버지에 집중했다.

세 사람은 보는 것만으로도 악취가 느껴지는 프롬의 더

럽고 지저분한 집을 봤다면, 에나는 아이가 도저히 정상적으로 자랄 수 없는 방치된 환경을 봤다.

프롬에게 가족이라곤 할아버지뿐이었다. 가족이라기보단 서류상의 동거인에 가까웠다. 할아버지는 매사 무기력했고, 정상적인 소통이 불가했다. 프롬이 울고 소리쳐도 그저 눈만 뜬 채 누워 있기만 했다. 어쩌다 가끔 일어났을 때는 일어난 채로 아무것도 하지 않았다.

프롬은 성장할수록 기이한 행동을 멈추지 않았다.

흙투성이 몸으로 남의 집에 아무렇게나 들어가 어른들이 마시던 막걸리를 벌컥벌컥 들이켰다. 친구들이 소중히 아끼는 인형의 입에 못을 박아 돌려주기도 했다. 선생님에게는 죽은 강아지를 포장해 선물이라며 건넨 적도 있었다. 그런데도 아무도 프롬에게 왜 그랬냐고 묻지 않았다. 아무도 프롬의 행동이 이상하고 잘못되었다고 알려주지 않았다. 그저 방관하거나 방치했을 뿐이다. 아니, 더러운 똥을 피하듯 피해갈 뿐이었다.

에나는 사람들의 그러한 방관과 방치가 프롬을 괴물로 만들었다고 생각했다. 프롬은 자신의 잘못된 충동을 제어하는 방법을 배울 기회조차 없었던 것이다.

만약 프롬이 이상행동을 보였을 때, 누군가 왜 그랬냐고 물어봐주었다면, 프롬은 달라질 수 있었을까? 소통하는 법을 배우지 못한 프롬에게 이제라도 말을 건네면 응답해줄까? 대화가 가능하긴 할까?

에나는 문득 그 사실이 궁금해졌다.

관리자 모드는 탐색 모드와 다르게 프롬의 코어메모리와 상호작용이 가능했다. 물리력도 행사할 수 있었다. 어쩌면 처음이자 마지막으로 프롬에게 마음을 건넬 수 있는 기회가 될지도 몰랐다.

하지만 기회는 딱 한 번뿐이었다.

프롬의 코어메모리를 교정하려면 우리 중에 '누군가' 관리자 모드에서 프롬과 가장 밀접한 대상으로 위장하여 프롬과 접촉해야 했다. 첫 시도인 만큼 위험부담도 컸다.

"하자고 한 사람부터 하면 되겠네?"

계획을 설명했을 때, 로건이 냉랭하게 말했다. 로건은 예전의 자기밖에 모르던 그 모습으로 돌아간 것 같았다.

그래, 그래야 로건이지. 에나는 선의가 적의로 변하는 순간을 수도 없이 겪어왔다. 이미 익숙한 일이었다.

'네 입도 찢어줄까!'

방금 전, 웬디에게 그 말을 내뱉었을 때 슬며시 로건의 얼굴을 보았다. 그의 안색이 백지장처럼 하얘졌다. 귀신이라도 본 것처럼 질겁하는 표정이었다. '너는… 내가 생각했던 에나가 아니야…'라고 온몸으로 말하는 것 같았다.

'로건, 너도 내가 무섭니? 그렇지, 로건?'

에나는 괜히 짓궂은 웃음이 나왔다. 에나는 자신이 상처받았다는 사실을 절대 들키고 싶지 않았다.

특유의 무표정한 얼굴로 프롬의 코어메모리를 탐색하던 에나는 프롬의 코어메모리에서 뭔가를 찾아냈다.

알고 보니 존에게 웬디와 로건이 호텔에 들어가는 사진을 보낸 발신자는 프롬이었다. 웬디가 존을 의심하도록 부추긴 사람도, 로건과 에나 사이를 이간질한 것도 프롬이었다.

무슨 이유인지 프롬은 프로젝트 드림 팀원들을 싫어했다. 그중 가장 싫어하는 건 에나였다.

프롬은 네이선이 에나를 괴롭히도록 정교하게 설계했다. 결국 에나가 네이선을 기절할 정도로 때린 그날, 프롬은 멀찍이서 에나를 다 지켜보고 있었다. 지켜본다는 것은 의미가 분명했다. 프롬은 에나를 '시험'하고 있었던 것이다.

하지만 무엇을? 잔혹함? 죄책감? 너도 날 알아본 거니?

이건 분명 프롬이 우리에게 아니, 에나 자신에게 보내는 메시지였다.

4

미친 소리 같지만, 웬디는 당장이라도 존의 촉촉한 입술에 키스하고 싶은 충동을 느꼈다. 존의 넓은 등에 업히고 싶었다. 그럼 모든 두려움이 흩어져 사라질 것만 같았다.

하지만 입술을 꾹 깨물었다. 웬디는 그런 마음을 절대 들키고 싶지 않았다.

너는 우리와 어울리지 않아.

웬디가 프롬에게 했던 잔인한 말이었다.

웬디가 보기에 프롬은 지금 분명 '복수'를 집행하는 중이었다. 예전에 실수한 걸 가지고 이러는 게 틀림없었다.

'당장 벗어!'

3년 전, 프롬과 같은 기숙사를 썼던 적이 있었다. 그때 웬디는 프롬이 입고 있던 자기 옷을 벗겨내 쓰레기통에 내던졌다. 곧장 존에게 전화해 악담을 퍼부었다.

"완전 개또라이라니까? 변태 같아. 내 옷 훔쳐 입었어. 찝찝해서 어떻게 입어, 당연히 버려야지."

프롬, 그건 그냥 홧김에 내뱉은 말이었어. 진심이 아니었어. 아니, 네가 미친 사이코패스인 줄 그때 알았겠냐고. 설마 그걸로 날 죽이려는 거야?

웬디는 이가 덜덜 부딪힐 만큼 두려워졌다.

로건도 프롬에게 실수한 일이 떠올랐다. 그야말로 큰 실수였다.

'야, 미쳤어? 이걸 지금 사람들 앞에서 발표하겠다고? 정

신과 한번 가봐.'

'진짜 궁금해서 그런데… 넌 일부러 방해하는 거야?'

'도대체 머리엔 뭐가 들었냐?'

로건이 한창 예민했던 시기에 말 그대로, 막 던졌던 말이었다.

그 당시 로건은 대통령 앞에서도 이런 막말을 하고도 남을 사람이었다. 하지만 프롬이 연쇄살인범인 줄 알았다면 절대 그러지 않았을 것이다.

존은 프롬에게 실수한 게 전혀 없었다. 기껏해야 웬디가 욕하는 걸 들어준 정도? 설마 그것도 죄가 되는 건가?

프롬과의 관계를 떠올리며 세 사람의 머리가 팽팽 돌아가고 있었다.

관리자 모드 같은 소리 하고 있네. 웬디는 에나가 말한 관리자 모드는 글러먹었다고 생각했다. 프롬은 교정이 불가능한 인간이었다. 어떻게 사람을 죽인 것도 모자라 그 신분으로 학교를 다녀? 웬디는 프롬이 피해자의 발가락을 내리치는 순간, 피식 웃는 걸 분명히 봤다. 도무지 인간 같지 않았다.

"너희들은 드림캐처가 정확하다고 생각해?"

에나가 갑자기 의미심장하게 말했다.

"우린 각자 보고 싶은 걸 볼 뿐이야. 우리가 본 프롬은 편집된 진실일 수밖에 없어. 애초에 진실 따위 손에 잡히지 않는 걸지도 모르지."

에나의 뜬구름 잡는 것 같은 말이 이어졌다.

'뭐라는 거야?'

웬디는 고개를 갸우뚱했다. 에나가 급기야 자신이 개발한 드림캐처를 부정하는 자기모순에 빠진 게 아닐까라는 의심이 들었다. 살인이 어떻게 정당화되는데?

게다가 지금까지 드림캐처의 구동은 너무도 정확했다. 드림캐처가 보여준 존의 비밀은 웬디가 그토록 알고 싶었던 사실, 아니 진실이었다. 그야말로 획기적이라고 할 만했다. 드림캐처가 아니면 결코 알 수 없었을 테니까.

물론 드림캐처가 비춘 자신의 모습은 불쾌하기 짝이 없었다. 그게 진짜 자신이라고 생각하면 좀 억울했지만 적어도 사실관계는 부인하지 않았다. 어쩌면 에나가 자신의 끔찍한 과거를 인정하기 어려워 둘러대는 거라는 생각이 들었다.

그런데 에나의 자기부정 같은 고백을 들어서였을까? 프롬의 코어메모리를 체험할수록 처음엔 보지 못했던 다른 각도들이 보이기 시작했다.

태어나자마자 부모에게 발길질과 학대 속에 던져진 아이, 죽도록 맞고 버려진 아이. 소통할 수 있는 어른이 단 한 명도 없었던 아이.

이런 환경에서 정상적인 인간으로 자라날 수 있을까?

웬디는 잠시 말이 막혔다.

언젠가 아이는 자신을 믿어주는 딱 한 사람만 있어도 충분하다는 말을 들은 기억이 났다.

어쩌면 그 한 명이 없었던 프롬은, 과격하고 잔인한 SNS에서 자신의 끔찍한 충동을 인정받으며 자란 건 아닐까? 타인을 통제하고 해칠 때 살아있음을 느끼는 괴물 같은 아이가 된 건 아닐까?

그 질문이 머릿속을 스치자 그제야 그제야 프롬이 죽어 있는 할아버지 앞에서 '으윽. 으윽' 하고 내뱉었던 괴음 소리가 울음소리로 들리기 시작했다. 멍하니 서 있다가 남의 집 문을 밀치고 들어가 막걸리를 퍼마신 것도, 단순히 배가 고팠기 때문일지도 몰랐다.

물론 불우한 환경이라고 모두가 사이코패스가 되는 건 아니다. 웬디도 다섯 살 때부터 부모님에게 뺨을 맞기 시작했다. 울다 맞은 횟수를 제대로 세지 못하면 매질은 처음부터 다시 시작되었다. 때때로 그들은 웬디의 옷을 벗겨 모욕을 주기도 했다. 언니와 오빠에 대해서는… 떠올리기도 싫었다.

그래도 프롬과 달랐던 건, 웬디에겐 자신의 분노를 폭발시킬 수 있는 대상들이 있었다. 그리고 웬디에겐 항상 그녀의 편이 존재했다.

그들이 없었다면….

그런 가정은 생각하고 싶지도 않았다.

5

프롬에게 장기가 갈리느냐 마느냐 하는 절체절명의 순간인데도, 로건의 신경은 자꾸 엉뚱한 곳으로 튀었다.

아까 에나의 코어메모리 앞에서 자신도 모르게 뒷걸음질 치던 순간. 그리고 '할 말 있어?'라는 에나의 질문에, 대답 대신 도망쳤던 순간. 그 장면들이 끊임없이 되감기고 있었다. 이젠 더 이상 에나를 똑바로 볼 수 없을 것 같았다.

혹시 웬디 말이 맞는 걸까. 에나와 프롬이 한 패라면? 이 모든 게 둘의 합작품이라면?

머리로는 에나와 프롬이 다르다는 걸 알았지만, 로건의 몸은 여전히 에나에게서 뒷걸음치고 있었다. 눈이 마주치면 시선을 흩뜨렸고, 손끝이 스치면 반사적으로 웅크렸다.

왜 이렇게까지 되었을까. 정신이 자꾸 궤도를 이탈했다. 어떻게든 정신을 차려야 했다.

'저건 데이터값 이상, 이하도 아냐.'

로건의 코어메모리가 재생되었을 때 에나가 한 말이었다.

에나의 말대로, 로건에겐 그녀에 대한 자신의 마음도, 이 미쳐버릴 것만 같은 상황도 데이터값 이상 이하도 아니어야 했다. 그래야 살 것 같았다.

너는, 내가 생각했던 에나가 아냐. 그렇게 믿어야만 더 이상 뒷걸음질 치지 않을 수 있을 것 같았다.

"아무리 사이코패스라도 약점은 있어."

에나가 턱을 짚으며 잔뜩 궁리하는 투로 말했다. 얄미운 눈빛. 가르치려는 말투. 재수 없는 년. 너는, 우리와 어울리지 않아.

에나는 고심 끝에 관리자 모드에서 우리들 중 누군가 프롬과 접촉하자고 했다.

"하자고 한 사람이 하면 되겠네."

로건이 시비라도 걸 듯 말했다. 로건은 다시 원래의 이기적인 자신으로 돌아오자 다시 머리가 제 속도로 돌아가는 것 같았다. 비로소 프롬의 코어메모리에 집중할 수 있었다.

프롬의 코어메모리는 예상대로였다. 프롬은 감정과 이성 사이의 연결이 완전히 파괴된 사람 같았다. 타인의 고통에 아무런 관심이 없었고, 관계의 감정에 대해서도 느낄 줄 몰랐으며, 그저 욕망만 또렷한 동물 같았다. 문제는 지나치게 영민했다.

그리고 지금 오로지 본인의 욕망을 채우기 위해 팀원들을 죽일 계획까지 세워놓았다.

존이 썰렁한 농담을 해서? 로건이 밥 먹을 때 앞니 사이에 낀 음식물이 보기 싫어서? 약속 시간에 늦은 웬디가 새치기를 했다고? 에나가 자신의 말을 씹어서?

우리가 죽어야 할 이유는 너무도 작고 사소했다. 반면에 살인 계획은 고도로 치밀했다. 안타깝게도 프롬은 세상에 태어나서는 안 되는 천재였다.

그런데 이상한 장면이 하나 있었다.

첫 시뮬레이션을 통과하던 날, 결벽증 같은 표정으로 버티던 프롬이 마지못해 우리와 하이파이브를 했다. 그 순간 분명히 프롬이 설핏 웃었다. 아주 잠깐, 얼굴이 환해졌다.

하지만 곧 화장실로 달려간 프롬은 피가 배어 나올 만큼 수십 번에 걸쳐 손을 씻었다. 우리의 온기를 밀어내는 몸부림 같았다. 그리고 마치 변한 건 아무것도 없다는 걸 보여주기라도 하듯, 바로 그날 한 사람을 죽였다.

어느 쪽이 진짜일까. 감정이 없는 사이코패스 프롬과 온기를 느낄 수 있는 프롬. 우릴 죽이고 싶은 프롬과 우릴 잠깐이나마 팀으로 인정하고 싶은 프롬. 어쩌면 둘 다, 진짜 같았다.

에나는 단언하듯 말했다. 프롬을 교정하려면 살인본능이 발현되기 이전의 코어메모리를 골라야 한다고.

로건은 에나의 말을 비웃었다. 과연 프롬에게 교정할 만한 과거 같은 게 있을까.

우리가 교정할 수 있는 건 딱 한순간이다. 잠깐 비폭력적인 부모를 프롬에게 붙여본들, 그녀의 인격까지 변화할 것 같지는 않았다. 한순간을 교정해서 그 사람의 정체성과 성격을 바꿀 수 있는 건 아무것도 없었다.

그럼에도 마음에 걸리는 장면이 하나 더 있었다.

초등학교 2학년 때, 담임 선생님이었던 박정식에게 강아지 사체를 선물하던 프롬.

로건은 당연히, 프롬이 자신에게 친절했던 선생을 농락하려는 의도라고 생각했다. 그런데… 혹시 그때 프롬이 마음이 흔들렸던 건 아니었을까. 우리와 하이파이브를 했던 순간처럼, 그 선생님에게도 작은 따뜻함이 일어났고, 그 감정을 부정하고 싶어서 더 잔혹하게 굴었던 건 아닐까.

확실한 건 아무것도 없었다. 다만 프롬의 담임은 프롬의 살인 본능이 깨어나기 전에 프롬이 만난 사람들 중에서 유일하게 따뜻한 사람이었다는 것이다.

박정식은 프롬을 불쌍하게 보지도, 문제아로 낙인찍지도 않았다. 다른 아이들과 똑같이 대했고, 소풍에 점심을 싸오지 못한 프롬에게 도시락을 건넸다. 프롬에게는 처음 겪는 온기였다.

팀원들은 프롬이 초등학교 2학년 때. 박정식 선생님에게 사체를 선물한 그날의 코어메모리를 교정하기로 결정했다.

방법은 간단했다. 우리의 뇌는 진짜 코어메모리와 버그(가짜 코어메모리)를 구별하지 못한다. 우리가 특정 코어메모리를 바꾼다면, 뇌는 그걸 진짜 현실로 인식한다.

실제 상황에서는 프롬에게 사체를 선물 받은 박정식은 기겁을 하며 프롬을 괴물 취급했지만, 우리는 박정식이 그럼에도 불구하고 프롬에게 한 번 더 손을 내미는 결말로 바꿔볼 것이다.

물론 그걸로 프롬의 인격이 변화하는 건 아니다. 다만 뇌의 인식 체계가 바뀜으로써, 프롬이 드림캐처에서 홀로 깨어났을 때, 그 잠깐만이라도 아주 작은 변화가 일어나길 바랄 뿐이었다.

그 누구도 우리가 일으킬 버그가 정답이라고 확신할 수 없었다. 에나도 그저 이게 우리가 만들어낼 수 있는 가장 따뜻한 답이라 했다.

글쎄, 누구 마음대로?

1

웬디는 팀원들을 따라 디바이스의 '관리자 모드'를 터치했다. 그런데 이상하게도 모든 버튼이 먹통이었다. 갑자기 화면이 번쩍이며 이상한 코어메모리들이 제멋대로 재생되기 시작했다.

프롬이 손도끼를 내리치는 코어메모리였다.

프롬이 내려친 것은 발목이었다. 발가락 다섯 개가 또렷하게 보이는 사람의 발목!

살점이 떨어져 나간 발이 축축한 소리를 내며 바닥에 구르자, 화면은 또다시 번쩍였다.

이번에는 팔이었다. 방 안 가득, 붉고 점성을 가진 액체가 튀었다.

아까 보았던 코어메모리였다.

프롬의 짓이었다. 프롬이 디바이스의 입력신호를 무력화시키고, 팀원들에게 본인이 설정한 코어메모리를 강제로 체험시킨 것이다.

웬디는 디바이스를 조작해 코어메모리를 끄려 했지만, 이번엔 더 강한 것이 왔다. 팀원들에게 가장 끔찍했던 기억, 그러니까 각자의 트라우마를 자극하는 맞춤형 코어메모리가 재생되기 시작한 것이다.

웬디의 눈앞에 플레이된 코어메모리는 꼬마 웬디가 무릎을 꿇린 도우미들의 뺨을 때리는 장면이었다.

"니들 아까 웃었지? 내가 다 봤어! 내가 우스워?"

꼬마 웬디의 목소리는 거의 비명에 가까웠다.

"숫자 세! 똑바로 세!"

웬디는 뺨을 맞은 횟수만큼 숫자를 외치게 했다. 도우미들은 이를 악물며 숫자를 뱉어냈다.

"하나. 둘. 셋, 넷…"

가장 어린 도우미가 끝내 울음을 터트렸다. 울면서도 끝까지 숫자를 셌다.

"다섯."

프롬은 웬디를 해부하듯 들여다보는 것 같았다. 날카로운 칼끝으로 몸을 훑어보는 것 같았다. 어딜 먼저 찌를까 하고.

소름이 훅 끼쳤다.

바로 이어서 로건과 섹스를 했던 그날의 장면이 재생됐다. 웬디의 현란한 몸짓이 재생되자 목을 조를 때의 숨 막히는 압박감이 느껴졌다. 무슨 말로도 변명할 수 없는, 가장 더럽고 수치스러운 과거였다.

웬디는 코어메모리 작동을 멈추기 위해 디바이스를 눌렀다. 역시 먹통이었다. 인터페이스조차 나타나지 않았다.

'제발 그만해. 그만하라고!'

그러자 화면이 다시 꼬마 웬디로 돌아갔다. 이번엔 뺨을 맞는 도우미의 얼굴이 웬디 자신의 얼굴로 바뀌었다.

'누가 좀 도와줘. 내가 잘못했어. 저것만은 보지 않게 해 줘!'

자제심을 잃은 웬디는 결국 디바이스를 내던졌다.

바닥에 쿵, 소리를 내며 웬디의 얼굴이 떨어졌다. 이윽고 괴성에 가까운 울음이 터졌다.

한참을 흐느끼다 간신히 눈을 떴다. 그때 아른거리는 시야 너머로 존이 보였다.

존은 온몸이 굳은 채 벌벌 떨고 있었다.

그에겐 지하철 선로로 떨어진 코어메모리가 떠 있었다. 그날, 선로 밑에서 시각장애인을 떠미는 장면.

화면은 되감기듯 반복했다. 존은 선로 위에서 내민 사람들의 손을 잡았다 놓치면서 선로 밑으로 떨어졌고. 힘겹게 매달리는 시각장애인을 밀고 또 밀쳐냈다. 장애인 여성을 밀치고 선로 위로 손을 뻗는 비열한 장면이 계속 반복되고 있었다.

존의 손등이 미세하게 떨렸다. 이가 부딪히는 소리가 크게 울렸고, 숨이 짧게 끊겼다.

웬디의 눈이 촉촉해졌다. 존의 고통이 고스란히 전해졌다.

로건의 주위에는 그가 친모를 만났던 코어메모리가 떠 있었다.

새빨간 립스틱을 바른 친모가 냉담하게 쏘아붙이고 있었다.

"그래도 넌 좋은 부모 만나서 잘 자랐잖아. 난 충분히 너한테 돈 받을 자격 있어."

너는 내 인생의 착오야!

넌 태어나지 말았어야 돼.

로건은 그날의 기억을 찢어내려는 듯, 목 끝에서 터지는 소리로 외쳤다.

"아냐! 아냐! 아니라고!"

에나의 코어메모리는, 엄마가 에나 대신 아버지의 칼에 찔리는 장면이었다.

첫사랑, 시원의 하얀 얼굴을 주먹으로 으깨던 장면도 이어졌다. 에나는 시원의 얼굴을 내리치고, 조폭의 얼굴을 내리치고, 네이선을 내리치고, 아빠를 내리치고, 이내 자기 자신의 얼굴을 내리쳤다. 에나는 심장이 터질 것만 같았다. 평소라면 상상하기 힘든 눈물 한 줄기가 그녀의 볼을 타고 흘렀다.

모두가 각자의 지옥에 갇혀 있었다.

웬디는 고통 속에 갇힌 친구들을 구해내고 싶었다.

'당장 저걸 꺼야 해.'

웬디는 손가락 하나를 간신히 움직였다. 그러자 닫혀 있던 시야가 조금씩 열리기 시작했다. 다시 어린 도우미를 때리는 꼬마 웬디와 사랑받고 싶어 알몸을 놀리는 과거의 자신이 보였다. 하지만 웬디는 침착하게 디바이스의 작동을 다시 체크했다.

하지만 아직도 모든 버튼이 먹통이었다. 비상 메뉴얼을 떠올렸다. 디바이스 화면 모서리를 3초 길게 누르자, 숨은 점검창이 떴다. 기억을 더듬어 화면 정지 코드를 직접 입력해 간신히 강제 재생을 제거했다.

그러자 팀원들 앞에 강제 재생되었던 코어메모리들이 순식간에 사라졌다.

2

"난 도망쳐야겠다는 생각밖에 없었어."

바닥에 털썩 무릎을 꿇은 존이 흐느끼듯 말했다.

여기서 도망치고 싶지 않은 사람이 어디 있어. 그러나 웬디는 그 말을 입 밖으로 꺼내지 못했다.

"그때 말야, 지하철 선로로 떨어졌을 때…."

존이 다시 입을 열었다.

"아무 생각도 안 났어. 그때 의인이 된 건 실수야."

존의 얼굴이 일그러졌다. 끝내 울음이 터졌다.

"구한 건 구한 거야."

웬디가 자기도 모르게 말했다.

"살고 싶은 게 왜 창피해. 나도 지금 이렇게 살고 싶은데."

웬디는 스스로도 이런 말을 내뱉었다는 게 믿기지 않았다.

존은 놀란 눈으로 웬디를 바라보았다. 웬디의 입술이 미세하게 떨렸다.

"착각하지 마. 그렇다고 네가 나한테 한 짓이 사라지는 건 아니야."

거짓말이었다. 웬디는 존을 미워하지 않았다. 경멸하는 건 자기 자신이었다.

'도망친 게 낫지. 창피한 건 나야.'

그 말은 끝내 하지 않았다.

"갑자기 왜 이런 거지?"

로건이 얼빠진 얼굴로 중얼거렸다.

눈앞에 각자의 트라우마가 제멋대로 떠올랐다. 그것도

가장 잔혹한 순간들만 골라서.

"프롬의 짓이야. 관리자 모드를 못 하게 막으려는 거겠지."

에나가 뻔한 수작이라는 듯 짧게 말했다.

여전히 관리자 모드 버튼은 먹통이었다. 남은 시간 15분. 깊은 적막이 흘렀다.

"수동으로 관리자 모드를 실행해보는 건 어때? 프롬이 아무리 천재여도 우린 넷이야. 같이 하면 뚫을 수 있어."

웬디가 조심스럽게 말했다.

뭐라도 해보자는 절박한 외침이었지만, 충분히 가능성이 있다고 판단했는지 로건의 눈빛이 달라졌다.

"선택지는 둘밖에 없어. 지금 뚫고 들어가거나, 버티다 당하거나. 남은 시간 14분 12초."

로건은 머릿속으로 뭔가를 빠르게 계산했다.

"성공 확률은 8퍼센트야. 해보자."

로건이 스스로에게 다짐하듯 말했다.

곧바로 디바이스에 진단 화면을 띄우고 손가락을 바쁘게 움직였다.

존도 뒤늦게 점검창을 열어 기록을 훑고, 이상이 있는 지점을 표시했다.

"교정 포인트 체크했어. 표시한 대로 한꺼번에 묶어서 실행하면 돼."

존이 상황을 선명하게 설명했다.

"그전에 가능성부터. 안전장치 얼마나 남았어."

"자동 정지는 죽었어. 상태가 심해지면 우리가 즉시 끊어야 돼."

로건의 물음에 존이 시원하게 대답했다.

"진단 코드는?"

로건이 이번엔 조심스럽게 물었다.

"2-2-0-4-3-7. 우리가 프로토 타입 때 수십 번 썼던 그 번호."

존이 설핏 웃으며 대답했다.

프로젝트 드림팀은 순조로운 팀웍이란 게 뭔지 비로소 실감하는 기분이었다. 모두들 똑같은 생각이었다. 처음부터 이렇게만 진행됐다면 드림캐처는 더 빨리 완성됐을 것이다. 서로에 대한 원망은 잠시 접어두고 일단 살아남자고 무언의 눈빛으로 약속하고 있었다. 살아남자.

로건은 존이 말한 진단 코드를 입력했다. 먹통이던 실행선이 푸른 점으로 반짝였다.

"실행선 1차 복구."

"에나, 2차 입력값은?"

로건이 침착하게 물었다.

에나의 어깨가 축 늘어졌다.

“에나…."

로건이 다시 불렀다. 그제야 에나가 무겁게 고개를 들었다. 그녀의 눈에서 절망감이 묻어났다.

“시간이 모자라…. 이대로는 안 될 거야. 끝났어…."

이미 머릿속 계산이 끝난 표정으로 에나가 말했다. 에나가 무언가를 이렇게 쉽게 단념하는 건 처음이었다.

“자신 없어, 난.”

에나가 허탈하게 내뱉었다.

“다행이네.”

로건이 코웃음을 치듯 한숨을 내쉬었다.

“난 자신 있어. 드림캐처는 네가 생각하는 것보다 완벽해. 무서울 정도로. 그러니까 따라 와. 넌 그냥 우리만 따라오면 돼.”

무심한 말투였지만, 그런 로건의 말투가 에나의 마음속에서 무언가 울렁이게 했다. 로건이 말한 ‘따라 와’는 여기 있어도 된다는 허락처럼 들렸다. 처음으로 소속이 생긴 기분이었다. 얼어붙었던 마음에 수증기가 맺히고, 꺼진 불씨가 아주 작게 살아나는 것 같았다.

웬디가 힘내라는 뜻으로 에나의 어깨를 툭 건드렸다. 존도 신뢰의 눈빛으로 고개를 크게 끄덕였다.

이 여정은 에나 없이는 시작조차 할 수 없었다. 아니, 누구 하나라도 빠지면 성공할 수 없는 모험이었다.

이대로 포기하는 건, 곧 죽음을 택하는 것과 다르지 않았다. 에나는 길게 숨을 들이마셨다가 천천히 내쉬었다. 눈빛에 힘이 돌아왔다. 디바이스를 켜고 입력창을 열었다.

"입력값. 4—1—3."

에나가 낮게 읊조렸다.

검은 화면 위 빨간 자물쇠 아이콘이 깜박이다가 초록으로 뒤집혔다.

띵, 하고 아주 작은 확인음이 울렸다. 잠겨 있던 관리자 모드가 한 칸, 두 칸, 연달아 풀렸다. 메뉴의 회색 글자들이 살아나며 선명해졌다.

"됐어!"

웬디는 프롬의 코어메모리 검색창에 '박정식'을 입력했다. 몇 개의 코어메모리가 검색되었다. 이 중에 프롬이 박정식 선생님에게 강아지 사체를 선물한 코어메모리를 찾아야 했다.

"위치부터 확인해봐."

에나의 말에 웬디가 프롬의 감정 지도를 띄웠다. 화면에 프롬의 인격이 형상화된 '지하 3층의 밀실'이 드러났다. 삭아 내려앉은 블리스의 객실 안쪽, 벽장 아래에 숨겨진 코어메모리 하나가 미약하게 깜박이고 있었다.

웬디가 그걸 클릭하자 팀원들이 찾고 있었던 그날의 코어메모리가 재생되기 시작했다.

"여기."

에나가 고정핀을 찍었다.

이제 프로젝트 드림 팀원들은 박정식에게 사체를 선물했던 프롬의 코어메모리에 접속할 것이다. 팀원들은 준비가 되었다는 듯 서로의 눈빛을 바라보았다. 웬디가 자신 있게 코어메모리를 클릭했다.

눈앞에 여러 가지 색깔이 펼쳐지며 마치 강한 소용돌이 속으로 빨려 들어가는 것처럼 모두 강렬한 느낌을 받았다.

남은 시간은 13분이었다.

3

존이 가장 먼저 눈을 떴다. 익숙한 교실 냄새가 코 끝에 아른거렸다.

분필가루, 젖은 걸레, 오래된 보일러의 먼지 냄새.

창밖은 비가 막 그친 것처럼 눅진했고, 바닥엔 희미한 물자국이 반사광을 흩뿌렸다.

문 위의 표찰이 보였다. 초망초등학교 2—6. 제대로 찾아왔다!

잠시 후, 다른 팀원들도 하나둘 겹쳐 접속했다.

이제 박정식 선생을 모프할 사람을 정할 차례였다.

모두가 서로의 눈치를 보고 있었다. 가장 어렵고 동시에 가장 중요한 역할을 선뜻 맡겠다고 나설 사람은 아무도 없었다. 왜 그랬을까? 그때, 웬디가 손을 번쩍 들었다.

"그냥 뭐라도 하고 싶어."

웬디가 스스럼없이 말했다. 스스로도 왜 손을 들었는지 알 수 없었다. 그냥 그래야 할 것 같았다.

그러자 존도 손을 들었다.

"이게 마지막일 수도 있잖아. 그러니까…."

존이 덧붙였다. 존은 여전히 떨고 있었지만 더 이상 도망치지 않았다.

로건도 마지못해 손을 들었다.

"됐고, 난 다 못 믿겠고, 내가 가장 잘할 것 같아."

로건이 툭 내뱉었다. 말끝은 차가웠지만, 선의가 담겨 있었다.

모두가 떨고 있었다. 손이 파르르 흔들렸고, 가슴은 막혔고, 다리는 후둘거렸다. 공포가 목을 조여왔지만 그 누구도 무겁디 무거운 손을 내리지 않았다. 막다른 곳에 몰리자 책임을 피하려는 마음보다 뭐라도 해야 한다는 이상한 결심이 더 앞서고 있었다. 막상 위기에 닥치면 조금은 용감해지는 것처럼.

"아니야!"

모두의 시선이 에나에게 돌아갔다.

"이건 프롬이 내게 보내는 메시지야. 내가 할게."

에나가 단호히 말했다.

에나는 이 죽음의 대결에서 프롬이 자신을 선택했다고 믿었다. 그리고 프롬을 멈출 수 있는 사람은 자신뿐이라고 확신했다.

"프롬은 내가 가장 잘 알아. 우린 같은 지옥에 있었으니까."

에나가 의미심장하게 말했다.

모두가 프롬의 약점은 에나란 사실에 동의했다. 프롬은 자기와 비슷한 환경에서 자란 에나를 알아봤고, 동시에 뒤틀리지 않은 에나의 마음을 증오했다. 닮음과 어긋남. 그래서일 것이다. 프롬은 에나를 가장 괴롭히고, 농락하고, 시험하고 싶어 했다.

"그럼 난 진짜 박정식 선생님을 따돌릴게."

웬디가 먼저 입을 열었다.

"프롬이 최대한 빨리 교실에 도착하도록 내가 유도할게."

존이 곧바로 역할을 이었다.

"난 전체 상황을 지원할게."

로건도 덧붙였다.

3

누구도 들여다본 적 없는: 관리자 모드

1

게임의 규칙

드림캐처에서 베타테스터들의 기본 설정은 마치 유령과도 같은 '스펙터 모드'이다. 스펙터 모드는 테스터의 신체를 '투명한 관찰자' 상태로 만들며, 드림캐처 내에서 안전하게 코어메모리를 탐색할 수 있는 모드이다.

'모프 모드'는 테스터가 드림캐처 속 코어메모리와 동일한 외형을 가지고 코어메모리와의 상호작용 및 물리적 행동이 가능하다.

단, 모프 모드의 안정성은 아직 확보되지 않았다.

목표

― 각 테스터들은 프롬의 강아지 사체 선물 사건의 코어

메모리를 수정해, 박정식이 프롬을 거부하지 않고 따뜻하게 받아들이도록 장면을 변경한다.

주의 사항

A. 드림캐처의 '코어메모리 속에 존재하는 인물'로 모프 하지 말 것.

— 불가피하게 모프해야 한다면, 동일 인물과 절대 마주치지 말 것(동일한 인물끼리 마주칠 경우 시스템 충돌 발생. 심각한 경우 인격 혼란 발생 가능)

B. 테스터의 감정을 과도하게 자극하지 말 것

— 강한 놀람, 분노, 공포, 수치심 등 급격한 감정 자극 금지

— 테스터 감정이 임계치를 넘어서면 즉시 모프 모드 중지

— 감정 과부하 시 전원 뇌사 위험

교실

에나는 기본 설정인 '스펙터'에서 '모프'로 전환하기 위해 디바이스의 설정을 열었다.

눈앞에 펼쳐진 홀로그램 디스플레이에서 '모프'의 버튼를 터치하며 '박정식'이라 말했다.

그러자 공기가 뒤집히듯 일렁이고, 흐릿했던 에나의 몸

이 점점 더 선명해지더니 순식간에 박정식 선생님으로 변신했다.

그 모습을 확인한 웬디는 고개를 끄덕이며 교실 밖으로 달려갔다. 프롬의 코어메모리 속에 존재하는 '진짜' 박정식이 에나와 마주치지 않게 하는 것이 그녀의 임무였다.

존도 프롬을 찾기 위해 밖으로 뛰어나갔다. 전체 상황을 지원하는 로건은 관리자 모드의 상황창을 켰다. 학교의 도면과 인파 흐름, 위험 신호가 작은 점으로 반짝였다.

교무실 앞

교무실에서 진짜 박정식이 나오고 있었다. 한쪽에서 지켜보고 있었던 웬디는 디바이스의 설정을 바꿔 양호교사로 모프했다.

양호교사로 모프한 웬디가 문을 나서는 진짜 박정식을 막아섰다.

"박정식 선생님, 2학년 6반 소정이가 알레르기 반응 같아요. 입술이 부어오르고 숨이 가쁘대요. 지금 바로 양호실로 와주셔야 해요."

그때 박정식이 소스라치게 놀라며 웬디를 위아래로 훑어봤다.

"잠깐만요. 양호 선생님 지난 학기에 캐나다로 이민 가셨잖아요? 누구시죠?"

웬디의 심장이 철렁 내려앉았다. 하필 모프를 해도 사람을 잘못 선택한 것이다.

"아, 저는 오늘 교육청 파견으로 오늘부터…."

"파견이면 제가 몰랐을 리가 없는데요."

박정식의 눈빛이 날카로워졌다.

"선생님, 어느 소속이십니까? 공문이라도 좀 볼 수 있을까요?"

귓속으로 로건의 목소리가 겹쳐 들려왔다.

"들켰다. 지금 완전 의심 모드야. 웬디, 안 되겠어. 어떻게든 따돌려."

웬디는 잠깐 눈을 감았다 뜨며 결심했다. 도망치면 박정식은 바로 교실로 향할 것이다. 그렇다고 더 버티면 상황이 더 꼬일 게 뻔했다.

"죄송합니다. 선생님."

그 말이 끝나기도 전에, 웬디의 얼굴이 물결처럼 흔들리기 시작했다. 웬디는 모프 패널을 터치하며 짧게 중얼거렸다.

"좀비!"

그러자 양호교사였던 웬디의 외형이 순식간에 흉측한 좀비로 전환됐다.

창백한 피부, 짓이긴 입술, 너덜너덜한 교복 조각을 입은 좀비를 보자 박정식의 눈이 동그래졌다. '어― 어― 윽!' 하더니 바닥에 털썩 쓰러졌다.

"센데?"

로건의 목소리가 이어졌다.

웬디는 주변을 재빨리 살피고, 기절한 박정식을 질질 끌어 빈 교실로 옮겼다. 문을 조용히 닫은 뒤 손바닥을 가볍게 털었다. 그제야 한마디를 내뱉었다.

"박선생님, 알레르기는 해결됐어요. 공포성 쇼크로."

로건의 상황창에서도 위험 신호가 사라졌다.

"위험 플래그 해제. 웬디, 방금 그거 미쳤다."

웬디는 뒤도 안 돌아보고 말했다.

"교실로 돌아갈게."

운동장 입구

존의 역할은 하나였다. 프롬이 가능한 빨리 교실에 도착하도록 모든 방해를 제거하는 것!

상황실의 로건이 전송한 경로가 존의 시야에 점선으로 떠올랐다.

우측 계단, 소도구 밀집 위험.

좌측 복도, 우회 가능.

로건의 지시대로 코너를 돌자, 어린 프롬이 보였다. 두 손으로 젖은 종이 상자를 꺼안고 있었다. 상자 밑이 검게 번지는 게 보였다.

그때였다. 고학년 두 명이 프롬 앞을 막아섰다.

"그게 뭐야?"

아이들의 손이 상자 모서리에 거의 닿으려는 순간, 존은 생활지도부 선생으로 모프해 성큼 다가섰다.

"너희 둘, 지금 시간이 몇 시야? 지각이다. 바로 교실로 올라가!"

말끝과 동시에 상황실의 로건이 벽면 스피커 점검음을 '삑!' 하고 울렸다. 아이들은 움찔하며 달려갔다.

어린 프롬이 존을 설핏 바라보며 소심하게 내달렸다.

마침 계단참에서 청소도구가 미끄러져 내려오고 있었다. 자칫 잘못하면 물걸레 자루가 굴러 프롬 발목을 걸어버릴지 몰랐다.

존이 먼저 발끝으로 툭 걸어 물걸레 자루의 방향을 바꾸고, 당황해 미끄러지려는 프롬의 허리를 잡아 일으켰다. 하마터면 자신이 크게 다칠 뻔했지만 존은 넉살 좋게 웃으며 말했다.

"괜찮아. 괜찮아! 천천히, 천천히!"

무슨 일이 일어났는지도 모르는 어린 프롬은 존을 한 번

이상한 눈으로 힐끗 보더니 곧장 교실 쪽으로 뛰어갔다.

교실 안

조용한 교실 안엔 팽팽한 긴장감이 감돌았다.

박정식 선생으로 모프한 에나와 학생으로 스펙터 모드로 상황을 지원하는 로건은 프롬을 맞이할 준비를 끝내고 자리에 서 있었다.

로건은 상황창으로 프롬이 복도를 건너오는 모습을 실시간으로 확인하고 있었다.

"안 무서워?"

로건이 에나에게 넌지시 물었다.

"넌 내가 감정이 없어 보여?"

에나가 담담히 되물었다. 두렵다는 고백이었다.

"난 네가 기계인 줄 알았지…"

로건이 피식 웃으며 농담처럼 말했다.

"살아야 하니까 미루는 것뿐이야. 감정을 지연시키고 아무것도 아니라고 구조화하는 거야."

에나는 시선을 창틀에 걸었다. 쓸쓸해 보였다.

로건은 문득 에나에게 사과하고 싶었다. 하지만 쉽사리 입이 떨어지지 않았다. 어떻게 말을 꺼내야 할지도 몰랐다.

"그때, 벚꽃… 너 맞지?"

로건은 조심스레 물었다.

에나는 아무 말도 하지 않았다. 갈등이 없지 않았다. 그러나 로건에 대한 마음을 인정하면 자신의 존재가 사그라질 것만 같아 두려웠다.

"돌아가면… 그때 얘기해."

"미안. 넌 내가 생각한 에나가 아니었어."

또 그 말. 에나는 헛웃음을 삼켰다. 이어질 말이 뻔해서, 더 듣고 싶지 않았다.

그때. 문손잡이가 천천히 돌아갔다.

덜컥. 교실 문이 열리고, 꼬마 프롬이 조심스레 고개를 내밀었다.

프롬이 든 젖은 상자에서는 종이 비린내가 물씬 풍겨 났다. 물론 또 다른 냄새도 섞여 있었다. 아직 악취로 번지는 정도는 아니었다. 상자 바닥이 조금씩 젖어들고 있었다.

로건의 상황창에 숫자가 떴다.

남은 시간은 9분 12초.

박정식으로 모프한 에나는 프롬을 똑바로 보며 따뜻하게 미소를 지었다. 단 한 번도 이런 미소로 프롬을 환대하지 못했다. 에나의 미소에는 프롬에 대한 교감과 도망치지 않겠다는 의지를 담았다. 미소가 이렇게까지 강한 힘을 갖는다는 걸 에나는 처음 실감했다.

"어서와. 선영아."

선영은 프롬의 본명이었다. 어린 프롬이 쭈뼛거리며 에나에게 다가왔다. 아이의 얼굴엔 뭔가 잔뜩 기대하는 표정이 묻어났다.

2

"선생님, 이거요!"

어린 프롬이 박정식으로 모프한 에나에게 상자를 힘껏 내밀었다.

입을 살짝 벌린 어눌한 표정에, 발끝으로 바닥을 비비는 게 영락없는 어린애의 수줍어하는 모습이었다.

에나는 잠시 꼬마 프롬을 바라보다가 조심스럽게 상자를 받았다. 종이상자 바닥에서는 벌써 축축한 물기가 느껴졌다.

상자를 열자 예상대로 강아지의 사체가 있었다. 털끝에 물자국이 남아 있는 강아지의 배가 허옇게 부풀어 올랐다. 강아지는 눈이 반쯤 감긴 채 바짝 굳어 있었다. 어설프게 잘린 다리에서는 핏빛 대신 탁한 갈색 액체가 번져 있었다.

옆에 서 있던 로건은 저도 모르게 인상이 찌푸려졌다. 이미 한 번 본 장면이지만, 다시 봐도 속이 울렁거렸다.

그 순간, 프롬의 눈이 동그랗게 커지고 콧방울이 들썩였다. 기대와 흥분으로 잔뜩 상기된 표정이었다.

이제 선생님이 자지러지게 놀라겠지? 날 괴물처럼 경멸하듯이 쳐다보겠지?

프롬은 그런 상황을 기대하고 있었다. 프롬의 가슴이 마구 콩닥거렸다. 그런데 5초가 지나고, 10초가 지나도 아무 일도 일어나지 않았다. 설마 선생님이 너무 놀라 그대로 몸이 굳어버린 건 아닐까? 아니면 벌써 정신이 나간 건가?

오히려 박정식으로 모프한 에나는 여전히 따뜻하고 일상적인 표정으로 프롬을 바라보았다. 당연히 프롬이 기대한 대로 비명을 지르지도, 짜증을 내지도 않았다.

뭐지? 이젠 프롬의 얼굴이 살짝 굳어지기 시작했다. 이건 아니잖아! 오히려 프롬이 조금씩 당황스러워지기 시작했다.

"선영아."

애나가 프롬을 조심스럽게 불렀다.

"왜 이런 선물을 했니?"

그리고 담담한 목소리로 물었다.

프롬의 눈알이 덜컥 흔들렸다.

이건 예상하지 못한 상황이었다. 왜 그런 걸 묻는 거지? 어떻게 대처해야 할지, 어디에다 시선을 둬야 할지 몰랐다.

"요즘 무슨 일 있었니?"

이번엔 조금 더 다정하게 에나가 물었다.

프롬의 얼굴이 갑자기 벌겋게 달아올랐다. 교실에서 도망가고 싶었다. 한 발이 뒤로 빠졌다.

"선생님은 네 얘기가 듣고 싶어."

"…."

"하고 싶은 말이 있는 얼굴인데…. 괜찮아?"

에나가 그 말을 했을 때였다.

프롬이 눈을 번쩍 치켜떴다.

"지랄하네, 씨발!"

독이 오른 목소리에서 욕설이 튀어나왔다. 고작 아홉 살짜리 아이의 입에서 나온 말이라는 게 도무지 믿기지 않았다. 에나는 프롬의 욕설에 반응하지 않았다. 대신 조용히 다독였다.

"그동안 힘들었지?"

에나의 목소리가 아주 조금 떨렸다.

"좆까, 씨발!"

프롬이 눈을 번들거렸다. 소리치듯 욕을 내뱉었다. 당장이라도 실핏줄이 터질 듯 빨갛게 차올랐다.

그 순간, 교실 불이 파파팍, 하고 깜박였다. 창밖이 순식간에 어두워지더니, 창문을 때리는 빗소리가 들이쳤다. 프롬의 감정이 요동치자 드림캐처의 시스템도 그대로 흔들린 것이다.

로건의 가상 디스플레이 상황창에도 빨간색 경고등이 떴다. 그래프 수치들이 노란색에서 빨간색으로 튀고 있었다.

"에나, 안정도가 떨어지고 있어. 더 하면 시스템이 터져. 멈춰야 돼."

로건이 흥분하지 않으려 애쓰며 굳은 목소리로 말했다.

교실 바닥에 실금이 쩍, 하고 갈라졌다.

천장도 미세하게 내려앉았다. 지지대가 흔들리는 기분 나쁜 소리가 요동쳤다.

"더 건드리면 무너져. 에나, 멈춰!"

로건은 최대한 신중한 목소리로 말했지만, 얼마나 심각한 상태인지는 에나도 직감할 수 있었다. 그때 막 교실로 들어온 웬디와 존도 흔들리는 바닥에 휘청거렸다.

교실 바닥이 한쪽으로 쏠리며 둘이 같이 앞으로 쏠려 내려갔다.

휘청이면서도 에나는 프롬을 끝까지 놓지 않았다.

"너 지금 나쁜 생각하는 거 알아…. 그거, 네 잘못 아니야. 그러니까…."

"그만하라고!"

프롬의 비명이 공간을 찢어버릴 듯이 터져 나온 순간,

흔들리던 교실이 쿵 소리를 내며 멈췄다. 깜박이던 조명도 다시 안정됐고, 갈라지던 바닥도 더는 벌어지지 않았다.

그리고 모든 것이 멈춘 것처럼 싸늘한 정적이 내려앉았다.

여전히 꼬마 모습을 한 프롬이 천천히 고개를 들었다. 방금 전까지 불안에 떨던 아이가 아니었다.

"나만 괴물 취급하지 마."

눈을 가늘게 뜬 프롬이 에나를 서늘하게 노려봤다.

"너도 나랑 같잖아. 근데 왜 너만 멀쩡하게 살아?"

에나와 나머지 셋이 동시에 멈칫거렸다. 다들 느낄 수 있었다. 저건 꼬마 프롬이 아니었다. 그런데 어떻게?

"난 네가 정상적으로 생활하는 게 짜증 났어."

프롬이 고개를 한쪽으로 기우뚱 꺾더니 입꼬리를 비틀어 올렸다.

"가장 추악한 주제에. 조금만 운이 안 좋았어도 너 역시 살인마가 됐을 거야."

"너…."

에나는 자기도 모르게 꿀걱 침을 삼켰다.

"…진짜 프롬이구나."

에나가 정곡을 찌르듯 말했다.

그제야 팀원들도 프롬의 정체를 알아챘다. 자신들이 그

랬던 것처럼 프롬도 꼬마 프롬으로 모프를 한 거였다.

꼬마 프롬이 슬쩍 팔을 들었다. 그러곤 한 사람 한 사람 손가락질을 하며 씨익 웃었다.

"에나, 존, 로건, 웬디. 너희들 말이야. 어때?"

프롬이 이번엔 다른 쪽으로 고개를 꺾으며 키득 웃었다.

"내가 보여준 지옥이…."

그러곤 웃음이 갑자기 뚝 끊겼다. 갑작스런 정적이 파고들었다. 그 순간이 세상을 멈춘 것처럼 네 사람을 압도했다. 모두가 얼어붙은 것처럼 꼼짝 할 수 없었다.

"역시 나만 지옥이 아니었어."

이번엔 표정이 지워지더니, 느닷없이 독설을 내뱉기 시작했다.

"난 잘난 너희들의 바닥을 다 까보고 싶었어. 겉으론 번드르르해도, 속은 똑같이 구린 거. 너희들도 역시 별거 아니었어."

"그래서 죽이고 싶었어?"

에나가 감정 없이 물었다.

"죽이려는 게 아니야."

프롬이 이번엔 안쓰러운 표정을 했다.

"너희의 고통을 끊어주려는 거였지."

"거절하면?"

에나가 눈을 가늘게 뜨고 물었다.

"왜, 살고 싶어? 히히히."

프롬이 조롱하듯 웃었다. 소름 끼칠 만큼 징그러운 웃음이었다.

"넌 너무 힘들었어. 앞으로도 힘들 거야. 그러니까 차라리 죽어. 내가 그렇게 해줄게."

말이 끝나기도 전에 교실이 다시 덜컹거렸다.

창문마다 비가 할퀴듯이 세차게 때리고, 칠판마저 삐걱거렸다. 시스템이 또 흔들리는 거였다.

에나가 다시 프롬 쪽으로 다가가려 하자 로건이 팔을 잡아끌었다.

"에나, 그만해. 더 이상 자극하지 마. 뇌에 무리가 심해. 이대론 모두 바로 뇌사라고."

로건이 애달픈 얼굴로 중얼거렸다.

"너희들도 나랑 똑같잖아."

프롬이 한 사람씩 돌아보며 소리쳤다.

"그러니까 얌전히 죽어!"

"프롬, 우리가 도와줄게."

"닥쳐!"

프롬의 고함이 교실 벽에 부딪히자 사방에 쩌적, 금이 갔다.

"에나, 그만해. 프롬은 우릴 모두 뇌사시켜 버릴 작정이
야. 더 자극하지 마."

로건이 다시 에나를 막아보려 했다.

에나는 고개를 돌려 로건을 뚫어지게 쳐다보았다. 그녀의
얼굴에는 절망과 처연함이 뒤섞여 있었지만, 눈빛만은 분명
흔들림이 없었다.

에나는 진심으로 프롬을 설득하고 싶었다. 잠시 숨을 고
른 뒤, 작지만 또렷한 목소리로 말했다.

"프롬이… 우리가 자신을 바꿔주길 바라는 거라면."

에나가 뜻밖의 말을 하자, 로건은 말문이 막혔다.

"만약 다르게 살고 싶은 거라면?

에나가 한 번 더 덧붙였다. 프롬은 더 이상 못 참겠다는
듯 소리쳤다.

"헛소리하지 마! 그냥 죽어. 제발. 아무것도 하지 마."

이젠 거의 울부짖다시피 했다.

남은 시간은 이제 겨우 1분 남짓이었다.

웬디의 손바닥이 축축하게 젖어들었다. 이대로 끝내긴
너무 억울했다.

"…에나 말이 맞을 수도 있어."

웬디가 숨을 고르고 말했다.

세 사람이 동시에 웬디를 돌아봤다.

“나도 그랬어. 여기서 진짜 마음은 꼭꼭 숨기고, 일부러 복잡하게 말하고, 못 알아듣게 말하는 거. 상처받기 싫으면 그렇게 돼. 프롬은 우리한테 도와달라는 걸지도 몰라.”

웬디가 프롬 쪽으로 다가가 손을 잡았다.

프롬이 반사적으로 손을 확 빼냈다.

웬디가 다시 잡았다. 양손을 꽉 잡으며 말했다.

“기억해, 프롬.”

웬디가 빠르게 말했다.

“이건 네가 어렸을 때 들었어야 될 말이야.”

프롬이 몸을 비틀었지만 웬디가 끝까지 손을 놓지 않았다.

“넌 커서 대학도 가고, 훌륭한 사람이 돼. 친구도 생겨. 우리를 만날 거야. 지금 이 순간이 네 전부가 아니야. 너 똑똑하잖아. 사람 안 죽이고도 여기까지 올 수 있었어. 그러니까… 그러니까 너무 무서워하지 마.”

웬디가 말하자 에나도 프롬의 손을 움켜쥐었다. 곧 로건과 존도 말없이 그 손 위에 자신들의 손을 포갰다. 모두가 프롬의 손을 꼭 맞잡았다.

…3초, 2초, 1초.

드림캐처의 타이머가 멈추자 교실이 하얗게 번졌다.

마침내 프롬의 코어메모리가 종료되었다.

3

프롬은 한참이나 천장을 올려다보았다.

하얀 형광등, 냉매 냄새, 얇은 담요. 여긴 실험실이었다.

귀밑이 뻐근했고 머릿속이 물에 잠긴 듯 무거웠다. 뭔가 아주 중요한 걸 손에 쥐고 있었다가, 갑자기 놓친 기분이었다.

얼마나 시간이 흘렀을까. 옆의 의자에 누워 있던 팀원들도 하나둘 깨어났다.

누군가는 숨을 헉, 들이켰고, 누군가는 벌떡 일어나 고개를 이리저리 저으며 사방을 훑었다. 누구는 상반신을 천천히 일으키며 상황을 확인했다. 그리고 모두 눈을 동그랗게 뜨고 프롬에게 시선을 집중했다.

프롬은 꼭 동물원의 원숭이가 된 기분이었다.

"괜찮아?"

누군가 조심스럽게 물었다.

무언가 숨기는 눈빛들, 걱정하는 눈빛들.

저건 분명 연민의 눈빛이었다.

프롬은 그들의 동정하는 눈빛이 거슬렸다. 순간 화가 났다. 그래 저 눈빛이었지. 나는 저걸 없애고 싶었지.

어느새 프롬의 손에 접이식 칼이 들렸다. 주머니에 있었던 거였다. 딸깍, 손에 착 감기는 무게가 낯설지 않았다.

왜 그랬을까? 프롬은 아무 예고도 없이 에나 쪽으로 손을 뻗었다. 칼끝이 에나의 목덜미로 스르르 올라갔다. 그 순간 드림캐처 안에서 겪었던 일들이 한꺼번에 역주행하듯 밀려왔다.

할아버지, 강아지 사체, 초등학교 교실 그리고 꼭 기억하라고 소리치던 그 장면.

프롬이 이를 악물고 말했다.

"너희들, 처음부터 눈엣가시였어!"

프롬이 쥔 칼의 날이 에나의 목에 닿았다. 살짝 휘두르기만 해도 그대로 피가 울컥 쏟아져 나올 것만 같았다. 프롬의 손에 힘이 들어가는 게 느껴졌다.

그때 로건이 옆으로 몸을 날렸다. 에나를 자기 쪽으로 밀어낸 것이다. 날렵하진 않았지만 죽기 살기로 쏟아낸 힘이었다.

칼끝이 휘청이다 로건의 옆구리 쪽을 스치듯 파고들었다. 둔탁한 숨이 튀어나왔다.

"하악!"

곧바로 존이 반사적으로 프롬을 향해 다리를 뻗었다. 완전한 날아차기는 아니었지만 중심을 무너뜨리기엔 충분했다. 프롬의 손에서 칼이 덜컥, 떨어졌다.

웬디는 그 틈에 비상벨을 세게 쳤다. 사이렌 소리가 실험실을 울렸다.

이제는 물러설 수밖에 없는 상황이었지만 프롬은 포기할 생각이 없어 보였다. 옆에 보이는 유리컵을 잡아 그대로 책상 모서리에 부딪혀 산산이 깨뜨렸다. 깨진 조각을 거꾸로 쥐고 자기 목 쪽으로 가져갔다.

무슨 짓을 하려는지 이미 짐작한 에나가 먼저 다가가 발로 유리 조각을 탁 차올렸다. 유리 파편이 붕 날아 바닥을 굴렀다.

"잡아!"

웬디가 소리쳤다.

존이 위에서 어깨를 눌러 제압했고, 웬디가 팔을 비틀어 뒤로 꺾었다.

마지막으로 에나가 남은 손목을 잡아 양팔을 하나로 묶듯 고정했다.

세 사람이 한 덩어리가 되어 버둥거리는 프롬을 찍어 눌렀다. 다들 숨이 가빴다.

웬디는 이제 무얼 해야 하는지 알았다. 얼른 핸드폰을 꺼내 경찰에 신고했다.

에나는 거친 숨을 내쉬면서도 눈은 로건을 찾았다. 바닥에 쓰러져 있는 그의 머리맡에 선홍색 피가 번졌다. 뒤로 자빠지며 날카로운 모서리가 머리를 부딪힌 것 같았다. 로건의 눈이 잠깐 풀렸다가 다시 초점을 잡으려 애쓰고 있었다. 어느새 피가 이마를 타고 흘러내렸다.

"로건!"

에나가 거의 기어가듯 달려갔다.

로건은 가쁜 숨을 몰아쉬고 있었다. 옆구리 쪽에 열감이 났고, 뒤통수에선 뜨거운 게 흘렀다. 에나를 보더니 희미하게 웃었다.

"에나야… 꼭 하고 싶은 말이 있었어. "

목이 메인 듯 목소리가 갈라졌다.

"넌… 내가 생각한 에나가 아니었어."

로건이 걱정되는 듯 에나의 미간이 일그러졌다.

"하지 마! 알았으니까 나중에 얘기해!"

에나는 로건이 아무것도 하지 않는 것이 현재로선 최선이라고 생각했다.

로건은 고개를 가로저으며 말을 이었다.

"넌, 내가 생각한 너보다… 더 멋있고… 더 단단하고, 더 안된 애더라."

로건이 숨을 고르며 말했다. 말할 때마다 피가 입가에 맺혔다.

"그래서 겁났어. 내 얕은 마음이…. 자꾸 도망치는 내가 너한테 상처가 될까 봐. 그래서 솔직하지도 못하고, 자꾸 뒤로 숨었어. …미안해."

말을 할수록 숨이 가빠졌다. 에나는 고개를 세차게 저었다. 이렇게 사과받는 게 싫었다.

"그만 말해. 지금은 말하지 않아도 돼."

에나가 떨리는 손으로 로건의 머리 뒤를 받쳤다. 피가 손바닥에 흥건하게 묻어나왔다.

"지금 말하면… 진짜 같잖아."

로건이 그 말을 들었는지 아주 작게 웃었다. 눈을 반쯤 감았다가 다시 떴다.

"그래, 우리 나중에 다시 말하자."

로건이 잠자리에 들기 전처럼 편안하게 말했다.

"그때는… 도망치지 않을게."

그리고 눈을 감은 로건은 더 이상 움직이지 않았다.

4

"그땐 꼭 만나자": 끝나지 않은 실험

1

현장에서 살인미수 혐의로 체포된 프롬은 곧바로 유전자 대조가 이뤄졌고, 그동안 미제로 남아 있던 사건들의 여죄가 하나둘 맞아떨어지면서 처벌을 피할 수 없게 되었다.

로건은 여러 번 수술대에 올랐지만, 결국 뇌사 판정을 받았다.

프로젝트 드림팀은 임상 보고서 첫 줄에 단 한 단어만 남겼다.

'실패'.

영문을 알 수 없는 데다 석연치 않기까지 한 실험결과에 대해 교수, 진은 네 사람을 차례로 불러 개인 면담을 요청했다. 실험 과정에 대해 꼬치꼬치 물어봤지만 네 사람은 끝까지 같은 말만 되풀이했다. 이 프로젝트는 여기까지라는 것. 그리고 이 연구는 완전히 지워져야 한다는 것.

펀딩 받은 연구비를 고스란히 빚으로 떠안게 되겠지만 그래도 상관없었다.

프로젝트의 당사자들이 그렇게 나오니 진도 더 이상은 어떻게 해볼 수가 없었다.

웬디와 존은 자연스럽게 헤어졌다. 테스트가 끝나고 나서 딱히 크게 싸운 것도 아니고, 그렇다고 사랑하지 않아서도 아니었다. 그냥 각자 버텨야 할 시간이 왔음을 서로 깨달았기 때문이었다.

존은 입사가 결정되었던 퓨처마인드에 직접 연락해 인사담당자에게 입사 거절을 알렸다. 그리고 며칠 뒤 모든 연락을 꺼두고 배낭 하나만 멘 채 여행을 떠났다. 물론 그전에 오래전부터 마음먹었던 일은 실행에 옮겼다.

존은 스스로 지하철 사건 당일의 원본을 유튜브에 올려버렸다. 이로써 초딩 협박범의 지긋지긋한 시달림도 끝이 났다.

약점이 온 세상에 노출되니 놀랍게도 더 이상 약점이 되지 않았다. 대신 많은 걸 감수해야 했고, 존은 어떤 변명도 없이 그 모든 걸 묵묵히 받아들이기로 했다.

웬디는 한동안 잠만 잤다. 씻지도, 먹지도 않고 자고 또 잤다. 가족들이 들이닥쳐 소리도 질러보고 설득도 해봤지만, 소용없었다.

문득문득 웬디의 뇌리에 숱한 기억들이 파노라마처럼 지나갔다. 로건과의 그날 밤, 존의 비웃음, 프롬이 죽인 강아지 사체, 에나에게 맞아 곤죽이 된 네이슨…. 이상하게도 아름답지 않은 기억들만 선명했다.

우린 살아남았으니까, 프롬을 막아냈으니까, 함께 이겨냈으니까, 끝이 좋으니까 해피엔딩인가? 어쩐지 하나도 해피하지 않았다. 잊고 싶은 추한 기억들은 끝내 지워지지 않았고, 그 기억들을 어떻게 처리해야 할지 몰랐다.

로건은 언제 깨어날지 몰랐고 에나와 존, 그리고 프롬에 대해서도 마음이 복잡했다. 무언가 승리한 것 같은 기분이 들었다가도, 마음은 여전히 폐허 같았다.

동굴이라고 명명한 방 안에서 백 일이 지났을 때 존이 찾아왔다. 웬디는 그를 거부하지 않았다.

둘은 캔커피를 손에 쥐고 어색하게 마주 앉았다.

"잘 지냈어?"

존이 먼저 어색한 얼굴로 물었다.

웬디가 힘없이 웃었다.

"그럴 리가."

존이 더 묻지 않으면서 잠깐의 침묵이 이어졌다. 그동안 서로에게 무슨 일이 있었는지 알지 못했지만, 안다고 해서 뭐가 달라지는 건 없을 것 같았다. 그들의 침묵은 어쩌면 그런 포기가 깔려 있었는지도 몰랐다. 존이 헛기침을 몇 번 하고 뜬금없이 말했다.

"웬디야, 우리… 다시 시작할 수 있을까?"

웬디는 마시고 있던 커피를 뿜을 뻔했다. 예상치 못했던 말이라기보다는 지금 상황에서 나오기엔 너무 황당한 내용이라고 느껴서일 것이다.

"그걸 말이라고 해?"

괜히 화가 올라왔다.

"사람이 변할까?"

이번에는 웬디가 물었다.

"넌 네가 변할 거라고 믿어? 우린 다 봤잖아. 네가 비겁한 거, 내가 추악한 거, 우리가 서로 물어뜯은 거. 그걸 이렇게 다 알고 있는데 뭘 다시 시작해. 끝났어. 우린."

그리고 왜 다시 시작할 수 없는지를 단호하게 말했다.

"우린 또 도망칠 거고, 또 서로 탓할 거야. 그걸 어떻게 잊어. 그 지옥 같은 경험을."

존이 잠시 생각하더니 고개를 들어 말했다.

"잊자는 말이 아니었어."

"…."

"우린 아름답지 않아. 추해. 프롬 말이 맞았어. 우린 앞으로도 계속 그럴 거야. 의심하고, 질투하고, 또 추하게 굴겠지. 근데 앞으로도 그렇게만 살아야 한다는 법은 없잖아."

무슨 깨달음을 얻은 사람처럼 존의 목소리가 고즈넉했다.

"추한 걸 알고 있으면… 조금 달라질 수도 있어."

웬디가 존을 빤히 보았다. 말을 덧붙이려다 멈춘 얼굴이었다.

존이 뜸을 들이다가 다시 말했다.

"있잖아, 슬픔을 끝까지 받아들이면 선물이 있대."

"뭐래 또."

웬디가 무슨 말장난이냐며 코웃음을 쳤다.

"내 생각에 그 선물은 '다음'인 것 같아. 넥스트. 진짜로 슬퍼해 본 사람만 '다음'을 맞이할 수 있는 거 같거든."

이상하게도 존의 그 말이 웬디의 마음에 묵직하게 박혔다. 웬디는 그때 깨달았다. 그동안 나를 괴롭힌 감정의 정체는 슬픔이었구나!

나는 슬픈 거구나. 슬퍼하지 않았구나. 슬퍼해야 했구나.

그제서야 추하고 비루한 것 속에 가려져 있던 슬픔이 밀려 올라왔다.

토사물이 군데군데 말라붙은 방바닥에서 지적장애가 있는 엄마를 돌봐야했던 어린 에나의 얼굴이 떠올랐다. 죽어 있는 할아버지 앞에서 '으윽. 으윽' 하고 괴음을 내뱉었던 프롬의 모습이 겹쳐졌다. 친모에게 존재를 부정당했던 로건의 표정이 스쳐갔고, 다섯 살부터 부모에게 뺨을 맞아야 했던 어린 시절 나의 아픔과 그리고 시각장애인의 손을 밀쳐낸 이후, 악몽 속에 갇혀 살아왔을 존의 고통이 한꺼번에 느껴졌다. 얼마나 외로웠을까….

나의 추함이, 너희의 아픔과 고통과 이별이, 슬펐다.

웬디의 눈이 서서히 젖었다. 머릿속에 여러 이미지가 겹쳐졌다.

한 차례 폭격을 맞은 폐허 위에 조그맣게 돋는 새싹 같은 것. 끔찍한 전쟁터에서 피어난 회복의 씨앗 같은 것. 부서지고 낡은 공간에서 느껴지는 생의 흔적 같은 것. 흉터, 고름, 주름에서 샘솟은 재생의 힘 같은 것.

이걸 다 추하다고 할 수 있을까.

톡, 눈물 한 방울이 뺨을 타고 흘러내려 바닥에 떨어졌다. 그 한 방울에서 시작된 눈물이 하염없이 흘러내렸다. 얼어붙었던 슬픔이 무너지는 순간이었다.

"내일 점심 먹을래?"

존이 아무렇지 않게 말했다.

웬디가 어이없다는 듯 웃으면서 눈물을 닦았다.

"지랄, 우린 끝났어."

“끝났으니까 밥 먹자고. 내일 비 온대. 완벽한 떡볶이 날씨.”

“아니거든. 부대찌개거든. 들기름에 부친 고소한 김치전….”

두 사람의 시선이 마주쳤다. 언젠가 봄날, 함께 하늘을 보다가 우연처럼 서로를 마주보았던 그때처럼. 그리고 그때처럼 웃음이 터져나왔다.

마음이 더없이 가벼웠다. 이제 더 이상 감추고 포장하지 않아도 될 것 같았다. 웬디를 괴롭힌 얼어붙은 슬픔에서 해방감을 찾은 기분이었다.

2

동굴 생활을 청산하고 나서 웬디가 제일 먼저 한 일이 있었다. 교도소에 수감 중인 프롬을 찾아간 일이었다.

왜 동굴을 나와 가장 먼저 프롬을 찾았느냐고 묻는다면 무어라 대답해야 할지 몰랐다. 그저 가봐야 할 것 같았다. 굳이 목적을 말해야 한다면, 하지 못한 말이 남아 있었기 때문이다.

프롬은 그사이에 몇 번이나 자살시도를 했다고 들었다. 손등, 손목, 팔 안쪽에 날카로운 게 스쳐간 실금 같은 흉터들이 촘촘했다.

플라스틱 면회 탁자를 사이에 두고 둘이 마주 앉았다.

프롬은 달갑지 않은 얼굴로 웬디를 빤히 쳐다봤다. 미움도, 반가움도 없는, 절묘한 무표정이었다.

웬디는 무슨 말을 해야 할지 몰라 입술만 굴렸다. 어떤 말을 해도 닿지 않을 것 같았다.

침묵을 깨고 웬디가 먼저 입을 열었다.

"왜 그런 거야?"

프롬이 눈을 가늘게 뜨더니 바로 침을 뱉듯 내뱉었다.

"꺼져!"

웬디가 한숨처럼 말했다.

"미안해."

뭐가 미안하다는 걸까. 이유는 몰랐지만 그 말밖에 할 수 있는 말이 없었다.

"지랄! 나는 너희 엿 먹이려고 한 거야! 사고사로 위장하고 그 잘난 드림캐처 빼앗으려고! 갈기갈기 찢어 죽였어야 했는데!"

웬디는 프롬의 폭주와 과격한 말을 가만히 들어주었다.

프롬은 숨을 몰아쉬었다가 계속 지껄였다.

"너희가 이긴 거 같지? 지랄 마. 너희들이 달라질 수 있을 거라 믿어? 그날의 일들이 지옥처럼 너흴 평생 괴롭힐 거야.”

그 말을 완전히 부인하지는 못할 것 같았다. 거기엔 분명 많은 진실이 섞여 있었으니까. 그래서 부정하지 않았다. 대신 침착하게 말했다.

“드림캐처를 하면 진실을 알 수 있을 줄 알았어. 근데 진실 같은 게 애초에 있는지도 모르겠어. 그래도 한 가지는 알겠더라.”

프롬의 시선이 살짝 흔들렸다.

“너한테는 한 가지가 없었어. 너를 믿어주는 단 한 사람. 따뜻한 손길.”

“….”

“그게 미안했어.”

웬디는 자기도 모르게 눈이 뜨거워지며 목이 메었다.

프롬의 얼굴이 다시 일그러졌다.

“그냥 그때 확 죽여버렸어야 했어. 꺼져! 꺼지라고!”

프롬이 의자를 걷어차듯 난리를 치자 교도관이 들어와 프롬을 밖으로 빼냈다.

면회는 거기서 끝이 났다. 문이 철컥 닫혔다.

면회실 문이 닫히자 기가 막히게도 프롬은 발작을 딱 멈추었다.

아무 일도 없었다는 듯 목을 이리저리 굴리고는, 어깨를 펴고 가벼운 걸음으로 수감장 안쪽으로 걸어 들어갔다.

3

에나는 영원히 잠들어 있을 것만 같은 로건의 머리맡에 드림캐처 디바이스를 연결하고 있었다.

로건의 양부모가 근무하는 병원이었고, 뇌사에 빠진 로건에게 접속하는 걸 두 분도 허락해주셨다.

막 장비를 작동시키려는데 슬리퍼를 질질 끄는 소리가 들렸다. 웬디였다.

웬디는 에나가 어떻게 지냈는지 존에게 이미 전해 들어 알고 있었다.

에나는 그동안 로건의 뇌사를 되돌리기 위해 드림캐처 버전 2를 혼자 연구하고 있었다. 베타 단계에서 뇌에 치명적인 손상을 남길 수 있는 결함을 해결하기 위해 논문을 뒤지고, 실패 로그를 하나씩 되짚고, 해외의 저명한 신경공학자들과 BCI 전문가들에게 직접 메일을 보내기 시작했다. 이름도 모르는 대학, 얼굴도 모르는 석학들에게 자신들의 알고리즘 구조와 불안정 계수를 정리해 수십 통의 메일을 보냈다. 답장이 오지 않는 날이 더 많았고, 대부분은 무응답이었다. 그럼에도 에나는 멈추지 않았다.

몇 달이 지나서야, 미국 서부의 한 연구소에서 답장이 왔다. 관리자 모드의 감정 과부하를 분산시키는 보완 알고리즘에 대한 힌트였다. 에나는 그 짧은 이메일 한 줄을 붙들고 사흘 밤을 새워 코드를 다시 짠 끝에 버전 2를 완성했다.

“나는 네가 엄마에게 가장 먼저 시도할 줄 알았어. 드림캐처 말이야.”

소독약 자욱한 병원의 실험실 냄새에 얼굴이 절로 찡그려졌다.

에나는 바로 대답하지 않았다. 잠시 후 모니터를 보며 중얼거리듯 말했다.

“했지. 근데 남은 코어메모리가 별로 없더라고. 치매 말기거든. 우리 엄마.”

웬디는 멈칫할 정도로 놀랐다. 에나에게 이토록 친밀한 말투를 들어본 적이 있었던가? 너무 자연스러워서 더 놀랐다. 에나도 대화라는 걸 할 줄 아는구나! 그런데 우리가 이렇게 친했다고?

“그래도 하나는 발견했어. 그래서 좋았어.”

에나는 고개를 끄덕이며 희미하게 웃었다.

웬디는 에나의 따뜻한 표정에서 많은 걸 상상할 수 있었다.

그때 문이 벌컥 열렸다.

"나 빼고 시작하면 서운하지."

존이었다. 손에 캔커피 세 개를 들고 있었다.

"하나 보다는 둘. 둘보단 셋이 낫잖아. 로그 분석해줄 사람도 필요하고."

존이 수다스럽게 말하자 웬디가 골치 아프다는 듯 머리를 짚었다.

"너 혹시 착각하는 거 아니지? 계속 말하지만 우리 사귀는 거 아니야!"

"그럼. 밥 먹고 키스만 하는 사이."

"닥쳐라. 진짜!"

웬디와 존은 다시 사귀는 건 절대 아니라 했지만 더 친밀해진 사이 같았다.

에나는 둘의 알콩달콩한 말장난에 피식, 웃고 말았다.

웃음이 잦아들자 다시 로건의 얼굴로 모두의 시선이 모였다. 온기가 사라진 창백한 얼굴이었지만 그는 여전히 로건이었다.

"오늘은 어디까지 갈 거야?"

존이 안전장치를 살펴보며 말했다.

"내가 갈 수 있는 블리스는 모두."

에나가 바로 말했다. 말투는 담담했지만 눈빛은 단단

했다.

이제는 혼자가 아니었다. 어두운 통로를 에나가 먼저 접속하면, 웬디가 뒤에서 지켜주고, 존이 안전선을 넘지 않도록 호위한다.

에나는 로건을 내려다보며 생각했다. 그동안 자신을 지켜줄 거라 믿었던 뾰족하고 모났던 마음이 아쉬웠다. 따뜻했던 그때의 벚꽃을 애써 외면했던 자신이 싫었다. 그때, 로건이 내게 다가왔을 때 그냥 한번 손 잡을걸. 그냥 한번 고백해 볼걸. 회한이 들었다.

에나는 천천히 디바이스를 귀에 꽂으며 속으로 말했다.

만약 내가 너의 블리스로 가서, 그때의 벚꽃에서 네게 고백을 한다면, 그렇게 우리가 못했던 아쉬움에 숨을 불어주면, 혹시 너의 무의식이 반응하여 네가 다시 숨을 쉬지 않을까. 그렇게 된다면 그땐 우리 꼭 다시 만나자.

그래서 꼭 손잡자.

에필로그

프롬의 부치지 못한 편지

모두가 흰 스타킹을 신었는데 나 혼자 맨발인 게 싫었어. 나는 흰 스타킹 따위 챙겨줄 엄마, 아빠가 없잖아. 혼자 무대 구석에 서서 아이들의 장기자랑을 보았지. 무대를 바라보는 엄마, 아빠의 눈빛이 보석처럼 빛나더라. 눈이 부셔서 감고 말았지.

늘 물속에 혼자 떠 있는 기분이었어. 그저 바람이 부는 대로 이리 일렁, 저리 일렁. 그렇게 하루 종일 맞았어. 이러다 정말 죽겠더라고. 왜 나의 부모는 내게 사납고 고약한 걸까. 왜 사람을 앞에 세워두고 면박을 주고 고통을 주는 걸까. 내가 화를 못 낸다고 해서 화가 안 나는 건 아니잖아.

그때부터 내 속에서 소리가 들렸어.

'이럴 거면 뭘 하러 살아. 그냥 죽어. 죽어버려. 넌 태어나지 말았어야 했어.'

내가 할 수 있는 건 없었어. 숨이 쉬어지지 않았어. 그냥 죽으면 딱 좋겠더라고. 그때 다리를 저는 고양이를 보았어. 피가 말라붙은 다리를 질질 끌며, 숨을 몰아쉬듯 겨우 버티고 있더라고.

'아프지? 내가 도와줄게.'

파닥파닥 숨이 꺼지는 것들을 보면 내 어린 날을 보상받는 것만 같았어. 너희들의 볼품없는 바닥을 볼 때 살아있는 기분이 들었어. 할 수 있는 일이 생긴 거야. 난생처음 통제감이 생긴 기분이었어.

겁에 질렸을 때 너희는 어떤 모습을 보일까. 내게 무릎을 꿇고 발버둥을 칠까? 난 그게 너무 궁금해. 너희들이 죽어가는 모습이. 너의 바닥이.

너희들은 내가 만난 사람들 중에 가장 이상했거든.

저 아이는 때릴 줄 아는데 왜 맞을까. 나와 같은 괴물인데 왜 다르지?

저 아이는 자기밖에 모르는데, 왜 내 옆에 앉아 종알대는 걸까. 친구란 게 이런 걸까.

저 어리바리는 왜 내 수저를 챙겨주는가. 우리가 언제부터 친했다고.

저 여유없음은 왜 내 어깨를 두드리는가. 이런 게 '다정'인 건가.

니들이 뭔데, 나를 놀려. 왜 나를 흔들어.

삐뚤어진 내가 편안해. 같아지면 불안해. 너희 같은 약한 내면이 있을까 봐 두려워. 안 되는 거 아는데 잠깐의 온기가 좋았어. 그래서 죽이고 싶었어. 약해지느니 차라리 미친년이 나아.

내가 사는 세계를 궁금해하는 사람은 아무도 없었어. 너희에게

보여줄게. 오해는 말아줘. 나의 초대는 가장 창조적인 용기이며 환대의 시작이니까.

웬디, 네가 그랬지. 나에게는 한 가지가 없었다고.

내게도 따뜻한 순간이 없지 않았어.

너희들은 내가 던진 잔혹한 질문에 가장 따뜻한 답을 찾았더라.

너희가 그곳에서 내게 따스하게 웃어줬지. 괜찮냐고 물어봐줬지. 나의 지옥을 경험하고도 미안하다고 했지.

도와달라는 나의 요청을 제대로 읽어준 건 너희가 처음이었어.

그날, 드림캐처에서 너희들이 뿌리친 내 손을 잡아준 이후, 그리고 네가 나의 고통에 울컥한 이후, 더 이상 나를 저주하는 목소리가 들리지 않아.

From. 프롬

웬디의 부치지 못한 편지

안녕? 나야. 웬디.

이 편지를 네게 보낼 수 없다는 걸 알면서도 나는 매일 너에게
편지를 써.

베타테스터가 끝나자마자 나는 널 만나야겠다고 생각했어.

사과를 하고 싶었거든.

그래서 너를 사방으로 수소문해서 찾았어.

용기를 내어 찾아갔는데 너는 나를 알아보지 못하더라.

그게 그렇게 다행일 줄은 몰랐어.

나는 네가 나를 기억할까 봐 무서웠나봐.

내가 자초지종을 설명했을 때

너는 잠시 나를 바라보다가

잠깐 생각하더니 웃으며 말했지.

"아⋯. 잘 지냈어요?"

그 말이 그렇게 쉽게 나올 줄 몰랐어.

나는 그 한마디를 듣기 위해 수많은 밤을 헛되이 넘겼는데 말야.

나는 분명 사과하러 갔어.

그런데 너는 오히려 내게 고마웠다고 했어.

"뭘 그런 걸로 사과해요."

너의 그 말이 나를 더 무너뜨렸어.

나는 네가 날 용서하면 괜찮아질 줄 알았거든.

그런데 정작 나를 용서할 수 없었던 사람은 나였나봐.

하나도 괜찮지가 않았어.

처참하게 무너지고 말았지.

그날 이후로 내 마음은 얼어붙었고 모든 게 멈춰버렸어.

사과가 필요치 않은 사랑이라···.

나도 날 용서 못 하겠는데 왜 넌 날?

나는 이대로 괜찮아져도 되는 걸까?

그 질문이 머릿속에서 떠나질 않아.

그날 이후로 나는 동굴 속에 숨어버렸어.

여기가 내가 있어야 될 자리인 것 같았거든.

다시는 이 동굴에서 나갈 수 없을 것 같아.

너에게 전하지 못하겠지만 한 가지는 고백하고 싶어.

나는 네가 부러웠어. 어릴 때부터 늘. 그래서 더 네 뺨을 때렸나 봐.

누군가에게 사랑을 듬뿍 받고 자란 사람의 얼굴이 어떤지 너를 보며 처음으로 제대로 알았거든.

여전히 너는 햇살 같았어.

나도 한때 맑고 환한 적이 있었는데 말야.

나는 아픔을 외면한 가짜였다면

너는 아픔을 뛰어넘는 사람 같았어.

나는 이제 다시는 그렇게 환해질 수 없을 것 같아.

너에게 아무것도 아니라서 다행인 웬디가

존의 부치지 못한 편지

난 결국 우리 둘이 함께 오기로 했던 비코에 왔다.

웬디, 이곳은 낮에는 바다가 검고, 밤에는 하늘이 믿기지 않을 만큼 밝아. 검은 모래 위로 파도가 쉼 없이 들이치고, 바람은 칼에 베이는 것처럼 세차.

너와 걷기로 했던 길을 혼자 걸었다.

네가 옆에 없는 풍경은 생각보다 훨씬 더 차가워.

유튜브에 원본 영상을 공개하고 겉으로는 덤덤한 척했지만 나는 괜찮지 않았어.

의인이 아닌 나는 아무것도 아닌 나 같았어.

의인이란 감투는 내게 갑옷 같은 것이었고,

갑옷이 벗겨지자 무수한 말들이 맨살을 그대로 파고들었어.

내가 이곳에 온 이유는 사실 오로라를 보러 온 게 아니야.

네가 늘 말하던 것처럼 하늘이 열리는 순간을 보며 그대로 사라져도 좋겠다고 생각했어.

여기서 내 삶을 마감해도 좋겠다고 생각했어.

그래서 눈보라 속을 하염없이 걸었어.

숨을 들이쉴 때마다 폐 속이 얼어붙는 것 같았고,

발바닥 감각이 서서히 사라는 게 느껴졌어.

그래도 걸었다. 멈추면 끝이 아니게 되니까.

어느 순간부터 주위가 흐릿해졌어. 이상할 만큼 조용하게.

그때 눈이 쌓인 벌판 위에 하늘이 열렸고, 초록빛이 번졌다. 오로라였어. 나는 그걸 보면서 우습게도 이런 생각을 했어.

아, 이 정도면 됐다. 죽어도 좋다.

그때 소리가 들리기 시작했지.

무언가 나를 향해 맹렬하게 달려드는…. 들개였어.

처음엔 환각인 줄 알았는데…

그다음엔 아니란 걸 알았어.

왜 그랬는지 모르겠지만 나는 무작정 뛰었어.

미친 사람처럼, 그냥 달렸어.

숨이 찢어질 것 같았어. 넘어졌다가 다시 일어났어.

무릎이 터진 것도 몰랐어. 다리가 내 것이 아닌 것처럼 굳어갔지만 멈추지 않았어.

그때 불빛이 보이더라. 아주 희미한 전등 하나.

나는 그 오두막의 문을 마구 두드렸지.

그러곤 그대로 쓰러졌는지 다음은 기억도 나지 않았어.

남자의 목소리가 들렸던 것 같기도 하고, 아니었던 것 같기도 해.

그리고 모든 감각이 꺼졌어.

다시 눈을 떴을 때, 나는 낯선 천장을 보고 있더라고.

옆에서 어떤 아주머니가 물수건으로 내 얼굴을 닦고 있었고.

따뜻했어. 너무 따뜻해서 그게 너무 서러웠다.

그때 비로소 눈물이 터졌어.

무엇이 그리 슬펐을까, 나는 아무 말도 할 수 없었고, 멈출 수도 없었어. 숨이 막힐 것처럼 울었지.

죽다 살아났는데, 살았다는 기쁨보다는 패배감이 더 컸다고.

그냥 내가 살아있다는 게 슬펐던 것 같아.

아주머니는 아무 말도 하지 않고 내 등을 천천히 쓸어주셨어.

아주머니가 뭐라고 말했는데,

나중에 알고보니 이런 말이더라.

"슬픔을 제대로 받아들이면, 그다음엔 선물이 온단다."

나는 그 말이 무슨 뜻인지 아직도 모르겠어.

과연 슬픔 따위에 선물 같은 게 있을까?

어떤 슬픔은 이름을 붙일 수 없어 슬퍼할 수 없대.

언젠가 내 슬픔에 이름을 붙일 수 있을까?

그 답을 찾게 되면 너에게 갈게.

네가 더 이상 보고 싶지 않을 때까지 또 보자. 우리.

너의 손이

에나의 부치지 못한 편지

존경하는 연구자님께

피키스트 인지과학학과 학부생 김에나라고 합니다.

이 편지는 특정한 한 분이 아니라, 신경공학자와 BCI 전문가 분들께 동시에 드리는 글입니다. 답장을 기대하며 쓰는 편지는 아닙니다. 낮은 확률이라도 가능성을 계산해야 하는 입장이기에, 기록을 남기듯 이 글을 보냅니다.

저는 현재 비공식적으로 BCI 기반 심층기억 시뮬레이션 시스템을 개발하고 있습니다. 시스템명은 '드림캐쳐'이며, 관리자 모드에서 모프 모드 전환 시 감정 과부하와 기억 동기화 오류가 발생하는 불안정성을 안고 있습니다.

1차 임상 실험은 간신히 성공했지만 여전히 관리자 모드 사용자의 정서 피드백이 일정 임계치를 넘을 경우, 해마와 편도체 영역에서 비가역적 손상이 발생할 가능성이 있습니다.

저는 아직 학부 과정에 있는 연구자이며, 이 프로젝트는 개인 단

위의 연구로 유지되고 있습니다. 그만큼 자원, 장비, 검증 체계 모두 심각한 한계를 지니고 있습니다. 그럼에도 불구하고 이 시스템은 이미 '인간의 기억'에 접근하고 있습니다.

기억에 접근한다는 행위는 윤리적인 위험을 동반할 수 있습니다. 하지만 때로는 인간에 대한 가장 따뜻한 접근이 될 수 있다고 믿습니다. 이 연구는 학문적 성취가 목적이 아닙니다. 뇌사에 빠진 한 사람을 회복시키기 위한 시도입니다. 저는 그에게 빚이 있고, 그는 반드시 살아있어야 할 사람입니다. 그래서 멈출 수가 없습니다.

첨부한 자료에는 현재까지의 구조도, 감정 과부하 발생 시 로그 패턴, 그리고 제가 임시로 적용한 분산 안정화 알고리즘이 포함되어 있습니다. 완성도는 높지 않습니다. 다만, 이 접근 방향 자체가 근본적으로 잘못되지 않았는지 확인받고 싶습니다.

한 줄의 지적이라도 모두 받아들일 준비가 되어 있습니다.

바쁘시겠지만 검토해 주신다면 감사하겠습니다.

이 편지가 부디 당신에게 닿기를 바랍니다.

이 편지를 부치지 않아도 될 때까지 편지를 쓰겠습니다.

김에나 드림

'슬픔을 받아들이면 선물이 있다'는 믿음으로

기억에 접속하는 이야기를 쓰겠다고 했을 때 모두가 말렸다. 사건이 추상적이라 인물에게 이입이 어렵다는 이유였다.

어떻게 해야 갈등이 손에 잡히는 이야기가 될 수 있을지 오래 고민했다. 드림캐처란 기술은 어디까지나 캐릭터를 드러내는 도구일 뿐, 핵심은 '누가 왜 그것을 하려 하는가'였다. 그래서 서로 다른 목적을 지닌 인물들의 본성과 욕망을 또렷하게 세우고, 긴장의 축을 조밀하게 구성하며 갈등을 구체화해 나갔다.

작품의 톤 역시 중요한 선택이었다. 톤을 잡아가는 과정에서 나는 을씨년스럽고 서늘하면서도, 동시에 따뜻한 이야기를 좋아한다는 사실을 새삼 알게 되었다. 서로 이질적인 감정이 맞물리는 이야기를 좋아하는구나! 결국 따뜻한 이야기지만 그 안에 서늘한 칼날이 서 있는, 그런 이야기를 지향했다.

　그리고 무엇보다 중요했던 질문은, 이 이야기를 통해 결국 무엇을 말하고 싶은가였다. 처음에는 서로 다른 목적을 지닌 청춘들의 피 말리는 갈등을 통해 역설적으로 '따뜻한 손길'의 중요성을 말하고 싶었다. 그러나 쓰면 쓸수록, 처음의 목적지였던 '온기'보다 더 깊이 있게 다가온 것은 '슬픔'에 관한 것이었다.
　내게 '슬픔을 받아들이면, 선물이 있다'고 말해준 사람이 있다. 그 선물이 무엇인지는 끝내 말해주지 않았다. 이 소설은 어쩌면 그 답을 찾아가는 과정이었는지도 모른다.

　이 소설은 2023년 '콘텐츠 창의인재동반사업' 우수프로젝트 사업화지원의 일환으로 탄생했다. 10년 전, 창의인재동반사업의 멘토로서, 작가로 나아갈 수 있는 밑바탕을 만

들어주신 노효정 선생님. 사업화 지원 우수 프로젝트로 선정해주신 이오엔터테인먼트의 오은영 대표님 그리고 희미한 가능성을 믿고 긴 여정을 함께해주신 고즈넉이엔티의 윤승일 이사님에게 특히 감사의 마음을 전한다.

사업화 과정 중 존경하는 소설가 김이설 작가님의 컨설팅을 받을 수 있었던 것 또한 큰 행운이었다. 컨설팅을 받을 때 썼던 단편 스토리는 현재 장편 스토리의 시작점이 되었다. 마음을 다해 감사드린다.

건강하고 단단한 사랑이 무엇인지 알려준 남편과 딸에게도 깊이 감사한다. 가족 덕분에 슬픔을 내려다볼 수 있는 힘이 생겼음을 절실히 느낀다.

그리고 때때로 끝이 있을까 싶을 만큼 지난하고 고독한 시간 속에서도 글을 놓지 않았던 나 자신에게도 조심스럽게 고마움을 전하고 싶다.

마지막으로 '슬프고, 아름답고, 따뜻한' 인생도 충분히 괜찮다는 걸 알려준 심리상담센터 폭신폭신의 조혜현 선생님께 진심으로 감사드린다. 우리가 함께 쏘아올린 시간은 이 소설의 한 장면으로 다시 태어났다.

이 소설을 쓰면서 나는 오랫동안 부치지 못했던 편지를 보낼 수 있는 용기를 얻었다.
이 책이 누군가에게 아주 사소한 변화 하나쯤은 남길 수 있는 이야기가 되기를 바란다.

나재원

인사이드

1쇄 발행 2026년 1월 2일

지은이 나재원
펴낸이 배선아
디자인 정유정
펴낸곳 고즈넉이엔티

출판등록 2017년 3월 13일 제 2022-000078호
주　　소 서울특별시 강서구 마곡중앙8로1길 81, 뉴브클라우드힐스 IT동 10층 1001호
대표전화 02-6269-8166 **팩스** 02-6166-9199
이 메 일 gozknockent@gozknock.com
홈페이지 www.gozknock.com
블 로 그 blog.naver.com/gozknock
페이스북 www.facebook.com/gozknock
인스타그램 www.instagram.com/gozknock

© 나재원, 2026
ISBN 979 -11- 6316 - 670 - 2 03810

잘못된 책은 구입하신 서점에서 교환해 드립니다.
이 책은 저작권법에 따라 보호받는 저작물이므로 무단 전재와 복제를 금합니다.
이 책의 전부 또는 일부 내용을 재사용하려면 사전에 저작권자와 본사의
서면 동의를 받아야 합니다